सन् सत्तावन का क़िस्सा : अज़ीज़ुन निसा

सन् सत्तावन का किस्सा अज़ीज़ुन निसा

त्रिपुरारी शर्मा

वाणी प्रकाशन

वाणी प्रकाशन
4695, 21-ए, दरियागंज, नयी दिल्ली 110 002
शाखा
अशोक राजपथ, पटना 800 004
फ़ोन: +91 11 23273167 फ़ैक्स: +91 11 23275710
www.vaniprakashan.in
vaniprakashan@gmail.com

SAN SATTAVAN KA KISSA : AZIZUN NISA
by Tripurari Sharma

ISBN : 81-7055-606-6
Play

प्रथम संस्करण 1999
द्वितीय संस्करण 2013

मूल्य : ₹ 95

न्यू कृष्णा ऑफ़सेट, दिल्ली-110 093 में मुद्रित

वाणी प्रकाशन का लोगो मक़बूल फ़िदा हुसेन की कूची से

भाग-1

(अज़ीज़ुन का घर। अज़ीज़ुन और आदिला चौपड़ खेल रहे हैं। पास में हुक्का। ज़ुबैदा पान बनाने और सुपारी काटने में व्यस्त है।)

अज़ीज़ुन : देखो न अदला—मैं हार नहीं सकती। तुम हो या हालात—फतह यूँ पीछा करती है, गोया कोई बागरज़ दीदार की दरख्वास्त लिये हो।

आदिला : खूबसूरती की कशिश है—ये रंगीनिये लव—रंगीनिये अदा—किसी महल की रौनक होना चाहिए था तुम्हें।

अज़ीज़ुन : जिस ज़मीन पे हमारे कदम हों—वह किसी महल से कम है?

आदिला : यह तुम्हारा गुरूर है अज़ीज़ुन।

अज़ीज़ुन : अदा है। जिस पर हर शख़्स फिदा है।

आदिला : कितने कम में तसल्ली पा लेती हो।

अज़ीज़ुन : इस इफ़्राती को कम कहती हो ?

आदिला : **(तुम इसे इफ़्राती मानती हो ?)** लिबास पे फीकी जरदोजी बे-रौनक नगीने जिसमें एक भी नायाब नहीं ? बीच बाजार में ये मकान—जिसमें खिड़की तो है, पर नज़र को आसमान नहीं मिलता। हर वक्त ख़रीदो-फरोख्त, सौदागिरों का शोरोगुल जिसमें साज की आवाज़ गुम हो जाती है।

अज़ीज़ुन : यह शहर ही ऐसा है। टेढ़ा-मेड़ा। गन्दा और गलीज़। शायद इसीलिए कोई हम पर उँगली नहीं उठाता। **(बेहद महफूज़ हूँ यहाँ।)**

आदिला : यहाँ किसी साहिब निस्बत या साहिबे तदबीर की रिहायश नहीं, जिसका अपना कोई बाशिन्दा नहीं, ठग और आवारों का इलाका कहलाता है।

अज़ीज़ुन : दिल अवारा नहीं ? इसलिए यहाँ का हो गया। ये शहरे गरीबां है। हर शख्स माज़ी को भुलाने आया है। ये उनकी पनाहगाह है—और मेरी भी। गुलजमीं न सही यह है नशेमन मेरा। बेदाग न सही यह है महताब मेरा।

आदिला : तभी यहाँ की धड़कन कहलाती हो। मगर जहाँ बदजौक बसते हों—कौन तुम्हारी अदायगी को समझता होगा ? जो आते हैं तुम्हारी दर पे—

अज़ीज़ुन : मैं उनसे मुतासिर नहीं। वे सिर्फ बहाना हैं मेरे रियाज़ का। अपने फ़न से मेरा अपना रिश्ता है। कोई आयेगा शाम को और दाद दे जायेगा—ये मेरी मौसिकी की वज़ह नहीं।

आदिला : फिर भी कद्रदान तो चाहिए। साहिबे जायदाद या साहिबे मकदूर जो दौलत निसार करे।

अज़ीज़ुन : मैं लखनऊ रह जाती आदिला। पर किसी शहजादे की जी हुजूरी मेरे बस की बात नहीं—और उन्हें इनकार करना भी नामुमकिन हो चला था...शीशमहल के सौ चिरागों में एक नहीं तो क्या—

आदिला : तो बिठूर आ जाती। उसकी अपनी शानोशौकत है। नाना साहेब दरियादिल हैं।

अज़ीज़ुन : तुम थीं न वहाँ।

हुसैनी : बिठूर में रौनक है आदिला—लेकिन कम्बख़्त ये कानपुर के लाट साहब और मेम साहब पीछा नहीं छोड़ते—घेरे रहते हैं, रात-दिन पंखा करते हुए आज़ार करते हैं—और हमसे छिपते हैं—रेंगते हैं साँप की तरह कि कहीं हम पे नज़र दिख न जाये। पड़ गयी तो चिल्लाती हैं—भगाओ। बच्चों को लिपटा लेती हैं। काले रंग से डर जाते हैं बेचारे। ज़ालिम भी डरे हैं कभी।

आदिला : वहाँ की मेहमान-नवाज़ी तू जानती ही है...

हुसैनी : बाज़ीराव के जमाने में नहीं होता था।

अदला : ख़ैर अज़ीजुन को इस सबसे क्या वास्ता। आत्ती तो मेरे पास

रहती—मेरे दामन में सिर छिपा लेती।

अज़ीज़ुन : चाक हो जाये चाहे मेरा दामन, पर मुझे ढके रखेगा आदिला।

आदिला : महाजन और सिपाहियों की गिरफ्त से बचा तो !

अज़ीज़ुन : महाजन घर चलाने के लिए है और सिपाही दिल लगाने के लिए।

आदिला : वो तो आयेंगे ही तुम्हारी महफिल में, उनका रुतबा बढ़ता है इससे। हाथ में चन्द सिक्के आये नहीं कि सोचते हैं शाहाना फितरत के मालिक हो गये। पर उनमें अंदब और तहजीब कहाँ ? जो सिर्फ खानदानी रिवायत दे सकती है। और तुम उन पर अपना ख़जाना लुटाये जा रही हो—इस मुगालते में कि वे कद्र करना सीख जायेंगे। मगर वह फिरंगियों के इख्तियार में हैं और फिरंगियों ने कद्र और लिहाज़ के माने भी नहीं जाना है अंग्रेजों को देखो। नाना साहेब की मेहमान-नवाजी के बावजूद उन्हें जायदाद से बेदखल करने पर आमादा हैं और उनके कहने पर तुम्हारे ये सिपाही हमीं पर चढ़ बैठेंगे—इतने खूँखार और बेउसूल हैं ये। **(अज़ीज़ुन चुप रह जाती है।)**

जुबैदा : इस तरह न कहिए बेगम। हर शख़्स अपनी मज़बूरी में घिरा है।

आदिला : तुम्हारा किसी से वास्ता है ?

अज़ीज़ुन : अपने खाबिन्द से...वह कानपुर में है कहीं। पर जुबैदा उसे तलाश नहीं कर पाई है।

आदिला : ओ हा...इसलिए आई हो यहाँ ?

अज़ीज़ुन : ज़मनापार से मुसाफिरों का काफ़िला आता ही जा रहा है।

जुबैदा : कैत पड़ गया है एक दाना नहीं उगा है। सब इस तरफ रुख किये हुए हैं।

आदिला : और अज़ीज़ुन इतनी रहमदिल है...

अज़ीज़ुन : तुम भी यही करतीं आदिला, अगर एक तनहा खातून तुम्हारे दरवाजे पर सवाल लिये आ जाती।

आदिला : अल्लाह का शुक्र है। उसने इस सबसे हमें बचाये रखा है। हमारे नाना साहब इस मामलात पर निगाह रखते हैं।

अज़ीज़ुन : जहाँ कोई साहब न हो वहाँ किसी साहिबा को ही देखना पड़ता है। **(रौशनी आती है।)** मालूम नहीं रियाज का वक्त हो चुका है।

रौशनी : कहाँ, अभी तो पूरी तरह से सुबह भी नहीं हुई।

अज़ीज़ुन : कम्बख़्त सुबह होती कहाँ है कानपुर की गलियों में। शाम सबको जगाती है।

जुबैदा : कितने दिन से एक अब्रेसियाह है आसमान में—न बरसता है, न ढलता है; बस रुका हुआ है।

आदिला : मुस्तैइद। सिपाहियों की तरह। **(हँसती है।)**

अज़ीज़ुन : उस्तादे महतर आइए। **(वह आता है।)**

(रौशनी घुंघरू बाँध तैयार होती है। उसका नाच शुरू होता है। अज़ीज़ुन गाती है। रौशनी थोड़ी देर बैठ जाती है।)

रौशनी : पाँव में दर्द है आपा।

उस्ताद : लो—रोज नया बहाना।

अज़ीज़ुन : फिर कैसे आयेगा ?

रौशनी : आ गया बस।

उस्ताद : लो साल भर हुआ नहीं आये—और तालीम खत्म। वाह !

अज़ीज़ुन : घर छोड़ देने भर से रक्काशा नहीं बन जाते।

रौशनी : कल कर लूँगी।

अज़ीज़ुन : आज के लिए इतना काफी नहीं।

आदिला : कानपुर के लिए बहुत है। यहाँ निफ़ासत की पहचान किसे है ?

रौशनी : शहर कोतवाल के यहाँ तो बीच में ही मुकर्रर-मुकर्रर कहने लगे। बेवज़ह थैली भी बरसाये।

उस्ताद : और तुम उठाने भी लग गईं।

रौशनी : फिर क्या करती ?

अज़ीज़ुन : अब आओ रौशनी। आराम हो गया।

रौशनी : इससे बेहतर किसी मक्तब में चली जाती।

अज़ीज़ुन : दिल छोटा न कर रौशनी—तुझे मुझसे आगे जाना है—समझी? मैं आज हूँ, कल नहीं—पर मेरे नाम को ज़िन्दगी तू ही बख़्शेगी।

(रौशनी मुँह बनाकर पुनः नाच आरम्भ करती है। सहसा शम्सुद्दीन की आवाज से सब चौंक जाते हैं।)

शम्सुद्दीन : किसी अफसर के बँगले पे हाज़िरी नहीं दूँगा। उनसे कह दो कि शम्सुद्दीन नमाज़ पढ़ने गया है।

सिपाही : लेकिन नमाज़ तो...आप तो...उधर जा रहे हैं। वह भी इस वक्त।

शम्सुद्दीन : नमाज़ कब और कहाँ पढ़ें उसके लिए किसी फिरंगी की इजाज़त दरकार नहीं। न ही अपने मज़हब पे नसीहत। **(मुड़ता है।)**

रौशनी : खूब मौके पर आ रहे। **(घुँघरू खोलती है।)**

अज़ीज़ुन : जरा पायदान तरकीब से रख दो जुबैदा। और चादर बदल दो। पान की तश्तरी कहाँ है ?

आदिला : खास मेहमान लगते हैं।

रौशनी : हाँ-हाँ एकदम ख़ास। आपा से पूछिए। उनकी नज़र हटी नहीं कि दिल मायूस हुआ नहीं। आहट उनकी हुई नहीं कि दिल खिल उठा।

आदिला : ओह, यह राज है इस शहर का—जिसमें महबूब की रिहायश है। शहरे गरीबाँ नहीं शहरे निगारा कहिए। **(हँसते हुए जाती है।)** अब तुम्हारे दीदार का इंतजार हमें करना होगा। **(पीछे-पीछे रौशनी और जुबैदा)**

उस्ताद : उस्ताद आये...आये...आये...।

(उस्ताद जाते-जाते ताल से शम्सुद्दीन का स्वागत करते हुए जाता है। सब हँसते हैं।)

शम्सुद्दीन : फिर आ गया हूँ—तुम्हारे सुकून में खलल डालने।

अज़ीज़ुन : ज़हे नसीब जो आप इस तरफ नज़र घुमाते हैं।

शम्सुद्दीन : एक बेचैन रूह और क्या करे। खुद से परीशाँ हो जाता है...**(कोट उतारने की कोशिश करता है।)** ये बेमौसमे गर्मी और सख़्त लबादा...उंफ...उतरता भी नहीं कम्बख़्त... **(अज़ीज़ुन की मदद से उतारता है।)** शुक्रिया अब जाकर इस बदन को हवा लगी...वरना बन्द-ही-बन्द...कोफ़्त हो जाती है...इन जूतों के बिना पाँव महसूस ही नहीं होते...हड्डी

की तरह सिल गये हैं साथ। और इतने सख़्त हैं कि अन्दर गाँठें बन आई हैं। यूँ ही रहने दूँ तो बेहतर है। अन्दर न जाने छाला है या नासूर। आखिरी लम्हे तक का साथ है। **(अज़ीज़ुन हँसती है।)** हँस रही हो—हँसो। **(वह सहम जाती है।)** इधर आओ करीब...। और करीब...। साँसें महसूस करो—कुछ पता चला ?

अज़ीज़ुन : नहीं...

शम्सुद्दीन : नहीं आ रही ? **(हाथ बढ़ाता है।)** इसकी बू कैसी है ?

अज़ीज़ुन : नहीं तो पसीना है थोड़ा-बहुत।

शम्सुद्दीन : पसीना। उनके लिए बहाया...और सूख गया। अपनी बू छोड़ गया।

अज़ीज़ुन : तो नहा लो न। बाद में थोड़ा इत्र लगा दूँगी...कन्नौज से मँगवाया है।

शम्सुद्दीन : **(हँसकर)** ये तो नस-नस में फैल गई है...जहर की तरह। इसे रास्ता नहीं मिल रहा—बस साँस में घुलती जा रही है...और साँस इस हवा में दूर रहो मुझसे।

अज़ीज़ुन : आहिस्ता, जरा आहिस्ता से कहो जो कहना है।

शम्सुद्दीन : बाकी सिपाहियों से कहो यह। जिनकी चीखोपुकार, आहो बुका खुदा से रहम की इल्तिज़ा कर रही है।

अज़ीज़ुन : ग़लत...? नहीं...सिपाही के लिए सही और गलत है ही नहीं, बस अहकाम—और अहकाम को मानना। मैंने वही किया...उन्होंने मेरे हाथ में बन्दूक दी। कारतूस दिया...मैंने कारतूस को मुँह से छीला—बन्दूक में रखा...और दागा—रात-दिन, शामोसहर...हर मौसम, हर वादी में यही किया...

अज़ीज़ुन : फिर किसलिए फिक्रमंद हो ? तुमने काम किया और...

शम्सुद्दीन : हाँ मैं लड़ता गया, जीतता गया...लड़ाई-पर-लड़ाई हारता गया। मेरा फर्ज ही मेरा गुनाह था...जिस कारतूस को अपने लब से छीलता था—उसमें वो गोश्त था जो मेरे मज़हब में हराम है।

अज़ीज़ुन : नहीं। यह नहीं हो सकता।

शम्सुद्दीन : यही हुआ है। फ़र्ज़ की अदायगी का यही उसूल था। वफ़ादारी

का इम्तिहान। इसी ने मुझे खुदा से महरूम किया। खुदा से जुदा किया...मैंने उनका नमक खाया है। चाटा है। वही रेशे-रेशे को गला रहा है अब। खाल को नोच दो...मुझसे अलग कर दो...।

अज़ीज़ुन : ऐसे मत कहो सवार।

शम्सुद्दीन : क्योंकि नफरत होती है ? पर यही तो मैं हूँ चमड़ा। इसका किया मेरा किया है।

अज़ीज़ुन : हो सकता है, जो तुम सोच रहे हो—वह गलत हो।

शम्सुद्दीन : वाकई सच है। हुकूमत ने भी एक दस्तावेज़ में इसे माना है। मैं कुसूरवार हूँ।

अज़ीज़ुन : लेकिन तुम्हें अंदेशा नहीं था। तुम जानते नहीं थे। इसलिए मासूम हो।

शम्सुद्दीन : नापाक तो हो चुका। लब और हाथ छूते ही नफ़रत से काँप उठता हूँ। कुबूल करता हूँ। अपना गुनाह और खुदा के इताव से डरता हूँ...उसका रहमोकरम चाहता हूँ—लेकिन माँगने का हौसला मुझमें नहीं है।

अज़ीज़ुन : खुदा मेहरबान है सवार। तुमने ये जानबूझकर नहीं किया। तुम्हारी बेगुनाही के लिए इतना ही काफ़ी है।

शम्सुद्दीन : हाँ मैंने मर्जी से अपना मज़हब नहीं छोड़ा। वो छीन लिया गया...अम्मा ने आगाह किया था। फौज में न जाओ—काश्तकार हो—अपनी ज़मीन से लो जो लेना है। पराया नमक खाने से ईमान नहीं रहता...तब मुझे लगा था कि फर्ज़ की अदायगी की ज़िम्मेदारी खुद पर लूँगा तो ईमान दुगना हो जायेगा।

अज़ीज़ुन : वह हुआ भी है। तुमने अपना फर्ज़ निभाया है। उसमें कोताही नहीं की।

शम्सुद्दीन : और जिनका मैं मुलाज़िम हूँ—उन्होंने भी जुल्म में कोताही नहीं बरती। गाँव से जब ख़त आते हैं कि कम्पनी सरकार रैयत से ज़मीन छीनती जा रही है—तो मेरे सिपाही छटपटा उठते हैं। क्योंकि वह ख़त हमसे पूछते हैं कि तुम वहाँ क्या कर रहे हो ? हमारे लिए ? तुम सरकार के करीब हो—तुम्हारा ऊँचा ओहदा है—तुम क्यों नहीं कहते ? उन्हें क्या मालूम

कि हमारा रिश्ता सिर्फ सुनने का है—कहने का नहीं। जुबान पे ताला और जज़बात पे ज़ंजीर कस जाने के बाद हम इस कम्पनी के जो इस सरजमीन को नोचती जा रही है—दम महज़ चौकीदार हैं।

अज़ीज़ुन : अब अवध भी इनके हिस्से आ गया—तब से कोई खबर ही नहीं आई...सोचती हूँ तो काँप जाती हूँ...गोया अपना वतन ही परदेस बन गया हो।

शम्सुद्दीन : और अवध के जिन सिपाहियों ने अवध पे हमला बोला ? उनके हाल का अंदाज़ लगा सकती हो ?

अज़ीज़ुन : बेशक—उनके मलाल का आलम किसी तहखाने के अँधेरे से कम स्याह नहीं हो सकता।

शम्सुद्दीन : और वह उसी में धँसता जा रहा है। ये बंदिशें उसे न जाने कहाँ खींच ले जायेंगी।

अज़ीज़ुन : लेकिन एक तरह से—तुमने वही किया जो तुमसे कहा गया। खुदा जानता है तुम्हारा ज़मीर साफ है।

शम्सुद्दीन : सिपाही का ज़मीर होता कहाँ है...उसी को तो गिरवी रखता है...चालीस टकों के लिए...और इनके लिए—ये सोने के बटन ...ये ज़र-जंजीर...एक खातून की लाश से निकाली थी। मैंने ...भरतपुर के लिए...रख लो...या नहीं, रहने दो...ये बेमुरव्वत की कमाई तुम्हारे काबिल नहीं है...।

अज़ीज़ुन : लेकिन तुम्हारी हमराज तो हूँ...।

शम्सुद्दीन : मेरी ज़िन्दगी का हिस्सा नहीं बन सकती...खुद दूसरों के नसीब का हिस्सेदार हूँ। पर वाह रे अंग्रेज मालिक—तुझे जान दी, लहू दिया, जज्बात भी दिये...। एक खुदा ही तो मेरा था। उसी से हर मुश्किल बरदाश्त करने की ताकत मिली थी। जब चाहा आँख बन्द कर उसकी पनाह पा लेता...पर अब वह राहत कहाँ ? रूह से आँख मिलना मुहाल है...वह झपटती है मुझ पर...काटती है...पर उसकी धार इतनी तेज़ नहीं कि इस सख़्त जिस्म को चीर सके...।

अज़ीज़ुन : खुदा इतना बेरहम नहीं हो सकता। उसी ने हालात को यह रुख दिया है।

शम्सुद्दीन : ये मत कहो अज़ीज़ुन। क्या वो भी मेरा इम्तिहान ले रहा है? अपने बन्दों को आजमा रहा है...देख रहा है कौन उसके हक़ में है ? बताओ, अज़ीज़ुन मैं किसको जवाबदेह हूँ ? जिसने मुझे ज़िन्दगी दी—या जिसने इस ज़िन्दगी को आबोदाना दिया...?

अज़ीज़ुन : तुम...क्या सोच रहे हो सवार...।

शम्सुद्दीन : कुछ भी नहीं...बगावत नहीं कर रहा...मैंने उनका नमक खाया है, मगर अब खाया नहीं जाता...अटकता है...फिर भी निगल जाता हूँ...निगले जाता हूँ...

अज़ीज़ुन : कुछ कर नहीं बैठना...

शम्सुद्दीन : क्या करूँगा...जी तो करता है...मगर मैं करता कुछ नहीं... शायद डरता हूँ। मगर सिपाही के लिए कैसा डर ? किसी का सीना दागने से पहले वह अपना सीना हाजिर करता है। पर तुम्हीं बताओ उन्हें मेरे साथ यह करने का क्या हक था?

अज़ीज़ुन : नहीं था। वो कसूरवार हैं और खुदा यह जानता है।

शम्सुद्दीन : फिर उसे अपने बन्दों से क्या उम्मीद है ?

अज़ीज़ुन : उसे...हमसे...?

शम्सुद्दीन : आखिर उसके पास अपनी रिज़ा ज़ाहिर करने का ज़रिया और क्या है ?

अज़ीज़ुन : तुम्हारा मतलब...लेकिन यह हुकूमत...इतनी भारी हुकूमत ...इससे मुकाबला कैसे होगा ?

शम्सुद्दीन : कोई तो करेगा...कौन ? आज हर सिपाही यही पूछ रहा है—कौन ? **(कोट उठाकर चलता है। गली में शोर, सिपाही दो भाग रहा है। पीछे अन्य सिपाही। आगे सरवर)**

सरवर : पकड़ के रखो हरामजादे को वरना भाग जायेगा। क्या सोचता है—दगा देकर जा सकता है ? सारी छावनी छान डालते।

खजांची : तुम्हारा खजांची हूँ दोस्त। अब मुआफ करो।

सरवर : मुआफी का महकमा अल्लाह ताला का है। हमसे सीधी तरह रकम की बात कर।

तीन : आटा खरीदना है।

चार : वर्दी सिलवानी है।

सिपाही : पैसे गये कहाँ ? अपनी तनख्वाह से बचाकर जमा करवाते हैं तुम्हारे पास।

सरवर : यहीं पकड़कर पीटते हैं—नहीं बतायेगा तो—बोल पैसे गये कहाँ?

सिपाही-2 : सारजेण्ट साहब ने लिये हैं।

सिपाही-3 : हमारे पैसे।

सिपाही-2 : उस दिन रेस में उनका घोड़ा हार रहा था—तब।

सरवर : सारे दे डाले ? उस गोरे को ?

सिपाही-2 : वह दे देंगे। आज ही दे देते—पर थे नहीं।

सिपाही-5 : होंगे कैसे। रेस में लगाये होंगे।

सिपाही-4 : या दूसरे खर्चे कम हैं उनके।

सरवर : उन्हें चाहिए खिदमतगार के लिए, खानसामा के लिए, भिश्ती, धोबी, नाई, दर्जी के लिए। जुए में हारने के लिए, रेस में जीतने के लिए, मेमसाहब के लिए, देशी रखैलों के लिए, बीवी, घर की देख-रेख के लिए—बेहद जरूरी है पैसा उनके लिए।

सिपाही-3 : बनिये ने अनाज नहीं दिया। तेरा मग़ज खायेंगे क्या ?

सिपाही-2 : देखो मैं कोशिश करूँगा।

सिपाही-4 : हमें आज ही चाहिए, अभी।

सरवर : देखते क्या हो, इसकी अँगूठियाँ खींच लो। **(सब झपटते हैं।)**

सिपाही-5 : टोपी उतार लो। टके भर में बिक जायेगी। **(टोपी लेते हैं।)**

सरवर : ये कोट भी उतारो—फाड़ डालो इसे...

सिपाही : पतलून भी न छोड़ो—साले की—पाँच सेर गेहूँ के लिए बिक जायेगी।

सरवर : और इस नुमाइन्दे को नंगा घुमाओ छावनी में, खजांची।

अज़ीज़ुन : सवार!

शम्सुद्दीन : आऊँगा—यहीं आऊँगा। और सुकून कहाँ ?
(जाता है।)

अज़ीज़ुन : इतने बेचैन और मायूस तुम ऐसे नहीं थे, गोया नथनी से मोती

ढुलक गया हो।

सिपाही : फिर ले चलो कर्नल साहब के आगे...कप्तान की भी शिकायत करो...दोनों पर मुकदमा हो।

सिपाही-5 : उसे भी सजा हो।

सिपाही-3 : गोरे अफसर को...देसी सिपाहियों से छीनकर खाता है। **(हँसता है।)**

सरवर : उसे भी कोड़े पड़े– वह भी हमारे हाथों–तब आयेगा मजा...**(दो को मारता है।)** वाह पीटो...इसको पीटो... **(शम्सुद्दीन बीच में आता है।)**

शम्सुद्दीन : उसे छोड़ दो सरवर–पागल हो गये हो क्या ?

सरवर : हमारे पैसे...

शम्सुद्दीन : लो ये लो जाओ। **(जंजीर उछालता है।)** जो-जो मिले ले लो। कम पड़ जाये तो बताना...मैं सामान लेकर दूँगा।

सिपाही-3 : लेकिन इसने जो किया...

शम्सुद्दीन : कप्तान ने इससे पैसा लिया। और तुम्हारे कर्नल साहब क्या तुम्हारी खातिर अपने हम-मुल्क कप्तान पर मुकदमा चलायेंगे? वह तुम्हें अपना समझेंगे और अपने को गैर ?

सिपाही-4 : इसे छोड़ दें...?

शम्सुद्दीन : अक्लमंदी यही कहती है। एक-दूसरे को निशाना बनाने के लिए यह वक्त मुनासिब नहीं है। आओ मेरे साथ जिस चीज की जरूरत है तुम्हें ज़रूर मिलेगी। **(आदिला आती है।)**

आदिला : हर रोज़ का यही आलम है ?

अज़ीज़ुन : नहीं।

आदिला : सिपाहियों का मिज़ाज कुछ गर्म मालूम होता है।

अज़ीज़ुन : होगा ही। अगर उनकी रूह को मश्क किया जा रहा है।

आदिला : तुम्हारा यह बाँका सवार काफी संजीदा है। उसे नाना साहेब से मिलना चाहिए।

अज़ीज़ुन : यह कशमकश हुकूमत के लिए नहीं है–खुद पर इख्तियार कायम करने के लिए है।

आदिला : नाना साहेब भी यही चाहते हैं। अपनी रियासत पर इख़्तियार।

अज़ीज़ुन : वजूद और रियासत मुख्तलिफ है आदिला।

आदिला : इन्कार करने वाली यही एक हुकूमत है।

हुसैनी : बाजीराव का नाम रहना ही चाहिए।

आदिला : खुदा खैर करे। उन तक खबर पहुँचेगी—तो शम्सुद्दीन को खुद बुलवा लेंगे।

अज़ीज़ुन : उनकी खबरसाँ हो ?

आदिला : उन जैसे नेक शख़्स के किसी काम आ सकूँ—यह मेरी खुशनसीबी है। **(जाती है, साथ में हुसैनी।)**

रौशनी : आपा...?

अज़ीज़ुन : हाँ रौशनी...?

रौशनी : ये बाँध लूँ।

अज़ीज़ुन : नहीं...अब रियाज नहीं हो पायेगा...दरवाजे से हट जाओ जुबैदा...

जुबैदा : देख रही थी वह अब...

अज़ीज़ुन : हर वक्त उड़ती खाक...शोरोगुल। बे-आबोरंग हुआ जाता है सब। **(जुबैदा हटती है। अज़ीज़ुन किताब में कुछ लिख रही है।)**

(ग्रीन का संगीत बढ़ता है। जोना पास जाकर सुनता है।)

जोना : फौज के साज़िन्दे हो ?

ग्रीन : हाँ...मुझे हथियार पसन्द नहीं।

जोना : मुझे भी नहीं...इसीलिए सिपाही नहीं बना। पिस्तौल भी नहीं रखता।

ग्रीन : मेरे वालिद एक सिपाही थे।

जोना : वालिद...वालिदा...दोनों यहीं के हैं ?

ग्रीन : हाँ...मेरे दादा समन्दर पार से आये थे। पर उन्होंने अम्मी और हमें कभी कुबूल नहीं किया।

जोना : न सही...पर तुममें इंग्लैंड का हिस्सा तो है...कम-से-कम उन जैसे नहीं जो मजबूरन इंग्लैंड का मज़हब कबूल कर लेते हैं। गोया मज़हब दरम्यान के फासले मिटा देता है। तुम और हम यहाँ की उम्मीद हैं।

आखिर इंग्लैंड यहाँ की बागडोर कब तक सँभालेगा ? उस नस्ल को तैयार रहना है जिसमें दोनों इलाके आबाद हैं और

जिनमें एक-दूसरे के लिए मुहब्बत है।

(सरवर लौटकर आता है।)

सरवर : शम्सुद्दीन ने सामान ले दिया...तुम नहीं आये...? खूब मिला आटा, तेल, गोश्त।

ग्रीन : सुअर का।

सरवर : ऐ जुबान सँभालकर।

ग्रीन : परेड पर चख तो लिया है। कैसा लगा ?

सरवर : देख यह मत कह...।

ग्रीन : तेरा मज़हब तो गया—अब सीधे जहन्नुम का रास्ता देख।

सरवर : तेरे बाद...

ग्रीन : सुअर-सुअर।

सरवर : साला उन गोरों का चापलूस हिमायती।

ग्रीन : मुझे हाथ मत लगा—रण्डी की औलाद

सरवर : रण्डी की औलाद। बावर्ची की औलाद—**(सूबेदार)** कप्तान, खजांची की औलाद...थू।

ग्रीन : तू गोरी पल्टन में था, उनका एहसान मान कि तुझे निकाला नहीं।

सरवर : एहसान...ही एहसान किये हैं—उन्होंने। मुझ पर मेरी वालिदा पर एक-एक ने सौ एहसान लादे हैं। बेहिसाब। **(सबके सब गोरे थे, बेहद एहसानमंद हूँ उनका, एक दिन उतारूँगा जरूर।)**

ग्रीन : सब्र कर सरवर। अब खामोश हो जा। फिर से नहीं सुनना चाहता।

सरवर : अपनी वालिदा का दूध पिया है मैंने—पूरी आइरिश पल्टन की रखैल थी...तब भी मैंने उसका दूध पिया। ...तू खुद भी काली मिट्टी से पैदा हुआ है और बनता है कि...**(मारने को आमादा)**

जोना : सरवर...

सरवर : बीच में मत आओ...

जोना : उसकी तरह तुममें भी गोरेपन का हिस्सा है। चाहो तो...

सरवर : मैं उसे सजाकर नहीं रख सकता। उसी से नफरत है मुझे..

जोना : तुम्हारा वालिद कोई भी रहा हो। आइरिश पल्टन का मज़हब एक था।

सरवर : वालिद...? क्या शीरीं लफ्ज़ है। मुझे तुम्हारा रहम नहीं चाहिए। मैं किसी मर्द की औलाद नहीं हूँ। जब भी अम्मा से पूछता, हर बार नया नाम लब पे ले आती...मैं उसी का हूँ। बस उसके जिस्म का दर्द जिसे कोई देखता नहीं था, पर जो दिख गया है...जिसे जहां में लाने का जिम्मेदार कोई नहीं था। फिर भी जो आ गया ढीठ। छावनी पर मँडराता मनहूस साया...भूत।

ग्रीन : नहीं, सरवर नहीं...**(बाकी सिपाही आते हैं।)**

(अज़ीज़ुन के घर में संगीत। सरवर का ध्यान उस तरफ जाता है। शम्सुद्दीन आता है। गीत के साथ कुछ सिपाही गुनगुनाते हैं—लय ताल देते हैं। मोहम्मद अली निकलता है।)

मो. अली : तुम्हारी राह देख रहा था शम्सुद्दीन।

शम्सुद्दीन : आपसे वाकिफ़ नहीं हूँ।

मो. अली : अजीमुल्ला खाँ के साथ नाना साहेब की दरख़्वास्त लेकर इंग्लैंड गया था। हाल ही दुनिया के दौरे से वापस आया हूँ। इसमें अंग्रेजों की शिकस्त का जो मंजर देखा...पीले जर्द सिपही ज़िन्दगी के आख़िरी मुकाम पर...

शम्सुद्दीन : मैं कम्पनी सरकार का मुलाज़िम हूँ।

मो. अली : अवध की तबाही कम्पनी के हाथों हुई। नाना साहेब की फरियाद भी नामंजूर कर दी गई।

शम्सुद्दीन : मुझसे क्या चाहते हो ?

मो. अली : मश्विरा। **(गीत बढ़ता है। शम्सुद्दीन उस ओर देखता है।)** आओ गंगा की जानिब चलें...क़िश्ती में इत्मीनान से गुफ्तगू होगी। कोई सुराग-रसा नहीं पहुँच पायेगा।

(मोहम्मद अली और शम्सुद्दीन एक-दूसरे को देखते हैं, फिर चले जाते हैं। अज़ीज़ुन—ग्रीन के सुर में गुनगुनाता है।)

सरवर : बस। बस करो अज़ीज़ुन, जब मैं तुम्हें सुनता हूँ—तो लगता

है कि मेरे ही किसी ग़म को जबान मिल रही है।

अज़ीज़ुन : ग़मोगुस्सा आज किसमें नहीं ?

सरवर : मैं रोना नहीं चाहता, मेरी माँ रोती नहीं थी क्योंकि पूरे बाज़ार को वो मज़ाहिया लगता था। मदद भी नहीं माँगती थी क्यों वो दुत्कार की इल्तज़ा।

अज़ीज़ुन : बहुत सब्र था उसमें। इसी दरीचे में से उसे कई बार देखा। रास्ते के मोड़ पर बैठी रहती—पूरी-पूरी दोपहर बिना हिले—बिना कुछ कहे...उस पर पीपल के पत्ते झड़ते पर वो उन्हें झटकती नहीं थी।

सरवर : वो होश में नहीं थी—मेरी तरह—गोया मैं उसी का भूत हूँ। उसे दफना तो आये हैं, पर वो है यहीं कहीं।

(एक जूनियर अफ़सर आता है।)

अफ़सर : क्यों सरवर हर रोज़ तेरी खबर आती है। हंगामा मचाये बिना नहीं रह सकता—**(दूसरे सिपाहियों से)** ले जाओ इसे, हफ्ते भर के लिए नज़रबंद कर रखो।

ग्रीन : लेकिन सर हम तो बस...

अफ़सर : हट जाओ, रास्ते से।

(सरवर को लेकर अफ़सर और सिपाही चले जाते हैं।)

(अज़ीज़ुन कुछ कहने को होती है।)

जुबैदा : लोगों के आने का वक़्त हो गया, मसनद लगा दूँ क्या ?

भाग-दो

(अज़ीज़ुन का घर)

अज़ीज़ुन : आपको किस शख्स की तलाश है, मैं नहीं जानती।

अफ़सर : यहाँ कौन-कौन आता है ?

अज़ीज़ुन : खुली जगह है। कोई भी आये-जाये। उसे रोका नहीं जाता। हाँ उसकी रज़ा हो, बा-हैसियत हो।

अफ़सर : पहरेदार रहता होगा।

अज़ीज़ुन : तब आप यूँ ही चले आते ? बिना मकसद खुलासा किये ?

अफ़सर : हम कम्पनी सरकार के मुलाजिम हैं।

अज़ीज़ुन : मुलाजमात का ख़िताब दहलीज पर छोड़कर आते जनाब तो यहाँ की कैफियत का बखूबी अंदाज होता।

अफ़सर : हम तहकीकात के लिए आये हैं।

अज़ीज़ुन : आप फरमा चुके हैं।

अफ़सर : शम्सुद्दीन सवार से आपका क्या ताल्लुक है ?

अज़ीज़ुन : कौन शम्सुद्दीन ? मैं नावाकिफ हूँ।

अफ़सर : वह इधर अकसर आता है।

अज़ीज़ुन : यहाँ कौन नहीं आता ? अहले जौक, शरीफजादे, मय-फरोश, मय-ख्वार, मय आशम, मफ्लूज़-मसरूर, अदनाओआला—हर एक की मंजिल यही है।

अफ़सर : मैं जानता हूँ, यह कोई मुकद्दस जगह नहीं है, फिर भी याद कीजिए और बताइए कि...

अज़ीज़ुन : किस-किस को याद कीजिएगा—किस-किस का पता पूछिएगा—हर चेहरा है दूसरे का आईना, हर लब पे दूसरे के

लफ़्ज। यह शहरेगरीबाँ है। परिश सब की दास्तान है।

अफ़सर : मैंने मुख्तसर-सा सवाल किया है आपसे।

अज़ीज़ुन : मैंने भी अर्ज़ किया है जनाब। मैं उनसे वाकिफ नहीं हूँ।

अफ़सर : वह आता है यहाँ। हर शाम।

अज़ीज़ुन : इस घर के मुतलक़ आपको मुझसे बेहतर इल्म है।

अफ़सर : इस शहर में तुम्हारा किससे वास्ता है ?

अज़ीज़ुन : सेठ कालाराम। कल्लू महाजन से सरकार। वे आजकल दौरे पर हैं।

अफ़सर : और छावनी के गोरे सिपाहियों से नहीं रहा ?

अज़ीज़ुन : बहुत पहले। जब बँगलों पर रक्स का इंतजाम किया जाता था, लेकिन वह सिलसिला ज़्यादा चला नहीं ?

अफ़सर : क्योंकि उससे बेहद नुकसान हुआ। शामे-गुर्बत की उदासी ने उन्हें बेखुदी की हद तक पहुँचाया। मय की लत, रण्डियों की तलाश।

अज़ीज़ुन : उनकी फितरत थी जनाब, जिससे दूसरों को नुकसान हुआ।

अफ़सर : लेकिन गुमराह किसने किया ? हवस और गुनाह के लबरेस इन कोठों ने। ये सुरमई आँखें और मसनई चेहरे दिखाकर उन पर इस कद्र कब्जा किया कि दिल-दिमाग दोनों तबाह हो गये।

अज़ीज़ुन : यह इताबो इल्जाम बिना वज़ह है जनाब। मैं फाहिश नहीं हूँ।

अफ़सर : एक ही बात है।

अज़ीज़ुन : नहीं...कैसे ? मैं रक्काशा हूँ। फनकारा हूँ। बेनकाब जरूर हूँ, पर फाहिशा नहीं। शहर के लोग मुझे...नगमानिगार भी मानते हैं। गोश्त-फोश्त की सौदागर नहीं हूँ। खुदा का शुक्र है कि...

अफ़सर : खुदा को बीच में न लायें तो बेहतर हो मोहतरमा। कम्पनी सरकार इस मामले को संजीदगी से ले रही है। ऐसी सब जगहों पर सख़्त निगरानी रखी जायेगी। जहाँ से साज़िश की इब्तिदा होती है। आइंदा उन्हीं जगहों को खुला रखने की इज़ाजत होगी जो हमारी शर्तों को पूरा करती हों। वह हमारी

निगाहे-दश्त में रहेंगी और जो नाकाबिले सिफारिश होंगी उन्हें बन्द करवा दिया जायेगा।

अज़ीज़ुन : फिर जो राह दिखेगी उस पर चला जायेगा।

अफ़सर : याद रखो हुकूमत से परदापोशी असलियत छिपाना या मुखालफत को हवा देना एक जुर्म है। उसके साथ सख़्ती से पेश आया जायेगा।

अज़ीज़ुन : मालूम है।

अफ़सर : और जो मदद करेगा, साथ देगा उसके लिए वाजिब इनाम भी मुकर्रर किया जायेगा। उम्मीद है, तुम सरकार की दरियादिली से इस्तेफ़ाक कर सकोगी।

अज़ीज़ुन : मैं ऐब पोश नहीं हूँ। मौका-मदल आने दीजिए। मैं आप तक इत्तिला भिजवा दूँगी।

अफ़सर : हमें उसी का इंतजार रहेगा। अगले हफ़्ते तक का वक्त मैं तुम्हें दे रहा हूँ।

अज़ीज़ुन : मेहरबानी हुजूर। **(अफ़सर जाता है।)**

रौशनी : वे गली से निकलकर सीधे चौक की तरफ गये हैं। पूरा रास्ता सूना है। कोई सामने नहीं पड़ रहा—लेकिन दीवारों से सटकर लोग-बाग उन्हीं को देख रहे हैं और उनके जाने के बाद इधर।

अज़ीज़ुन : देखेंगे क्यों नहीं। यह मकान मज़ाक बन गया है। मुहल्ले की अफवाहों का मरकज़।

जुबैदा : खैर, अब गये यहाँ से।

अज़ीज़ुन : पर वह जो कह गये—मैं एक फाहिशा...ये...एक नापाक जगह ...मेरी तालीम...वह मेहनत...लम्बे-लम्बे रियाज...रफ्ता-रफ्ता बनी नज़्में, ये इबारत आराई—साजों की हरकत...सब बेकार नाकाम...नाकाबिल फाहिशा की सजावट का सामान...किस अदावत से आये और मिस्मार कर गये...मैं खामोश और रास्दर, हवन्नक।

रौशनी : मौजूद हाज़रीन से कहीं बेहतर जो चुपचाप खिसक लिये।

अज़ीज़ुन : सबके सब, और ये वो लोग जिनके लिए बीच बाज़ार में रहती हूँ ? अपने एहसास पिरोकर उनकी शाम में रंग भरती हूँ।

रौशनी : केसरी प्रसादजी का चेहरा फक हो गया था। मानो काटो तो खून नहीं और हकीम साहब की आँख की पुतलियाँ ? टिकती न थीं—लगा अब गिरीं—अब गिरीं...अब।

जुबैदा : वकील साहब बेचारे। अचकन को ही कसते रह गये। दिल हुआ कि सुई लेकर उँगलियाँ टाँक दूँ।

रौशनी : और सबसे बढ़कर निकले हमारे शाह सवार शम्सुद्दीन साहब। आये ही नहीं गली के कोने पर ही खबर मिल गयी होगी सो कन्नी काट गये।

अज़ीज़ुन : उनकी गैरमौजूदगी सभी के लिए बेहतर रही। तसव्वुर करो वह होता और...

जुबैदा : क्या मालूम वह दिलावर तलवार निकालता या नहीं...

रौशनी : हम रँगे हाथों पकड़े जाते।

अज़ीज़ुन : और वह...नहीं ? खुदा उसे सलामत रखे, ऐसी हिदायत दे कि वह अपनी हिफाज़त कर सके।

रौशनी : उनका बचना नामुमकिन है आपा। अगर आप जरा भी मौकापरस्त होतीं तो अपने लिए कुछ निकाल लेतीं।

अज़ीज़ुन : शम्सुद्दीन के बारे में इत्तिला देकर ?

रौशनी : अपनी दौलत में थोड़ा सा इजाफा होने देतीं तो क्या हर्ज था।

अज़ीज़ुन : एतबार नियामत नहीं है तेरे लिए ?

जुबैदा : मकान की तरफ कोई मुड़ा शायद।

अज़ीज़ुन : सवार ? नहीं यह उसके पैरों की आहट नहीं है।

रोशनी : इतनी रात गये और कोई नहीं हो सकता।

अज़ीज़ुन : उसे अन्दर आने को तो कहना।

रौशनी : कह दूँगी। **(जाती है। अज़ीज़ुन उधर देखती है।)**

जुबैदा : इसे हटा दूँ न ? देखते ही लगता है कि हालात नासाज है।

अज़ीज़ुन : कल ही शहर-कोतवाल को यह तोहफा भेज दिया जायेगा। अंग्रेज अफ़सर की भूली हुई अमानत।

जुबैदा : तुम हँस कैसे लेती हो अज़ीज़ुन ? तुम्हें डर नहीं लगता ?

अज़ीज़ुन : बाजार में बेपनाह रहने का नुसख़ा थोड़ी सी संग-दिली और हलकी सी रंगे-दिली।

जुबैदा : बहुत वज़नी है यह तो...

अज़ीज़ुन : कोशिश करो। काश्तकार के हाथ हैं तुम्हारे पास।

जुबैदा : ये शहरी फौलाद है न। **(अज़ीज़ुन पास आती है।)**

अज़ीजुन : ख़्वार की तरह अटक गया है। खींचो जरा—ऐसे...**(दोनों मिलकर निकालते हैं।)** देख इसकी चमक। कितना पैना और ताबदार।

जुबैदा : कलाई मुड़ जाये, अगर चलाना पड़े।

अज़ीज़ुन : खुदा कसम अगर मेर हाथ में नश्तर होता तो एक ही झटके में उनके नागवार कदम रोक देती...फिर जो होता—देखा जाता।

जुबैदा : अल्लाह का शुक्र है कि तुम्हारे वालिद ने तुम्हें इस तालीम से दूर रखा।

अज़ीज़ुन : उनकी परवरिश में यही एक कमी रह गई...शख्सियत का रूआब है इसमें...शाहाना अंदाज...**(मगरूर कर दे सच)** शबेतारिख हो बियावाँ हो—ये कदम न डगमगाए।

जुबैदा : अपने सवार से सीख लेना इसका इस्तेमाल।

अज़ीज़ुन : वह आये कब ? सिखलाये कब ?

(रौशनी आती है।)

रौशनी : अफ़सर का अदना नुमाइंदा, एक और गोरे आदमी के साथ नीचे खड़ा है। सिपाही हमीद कुरैशी उन्हें यहाँ तक लाया है।

अज़ीज़ुन : अब क्या चाहते हैं ?

रौशनी : ऊपर आना—

अज़ीज़ुन : उनके साहिबे इख्तियार ने एक हफ्ते का वक्त दिया है।

रौशनी : वह तफ्तीश के लिए नहीं आये हैं।

अज़ीज़ुन : फिर ?

रोशनी : रक्स के लिए...

अज़ीज़ुन : इस वक्त ? जब चिराग बुझ चुका है—शहर सो चुका है।

रौशनी : गुज़ारिश कर रहे हैं।

अज़ीजुन : कोतवाल चोर बनने चला है या फन्दा डालने आया है ?

रौशनी : इतनी संजीदगी से सोचने का होश उन्हें कहाँ है। मय में सराबोर हैं।

अज़ीज़ुन : तो कह दो—यहाँ बेवक्त न आयें।

रौशनी : उनके हाथों से सोने की मोहरें खन-खन गिर रही हैं।

अज़ीज़ुन : फिर तुम अंदाज लगा ही सकती हो कि वह किस चीज की तलाश में यहाँ आये हैं।

रौशनी : सिर्फ एक खूबसूरत औरत चाहते कि जिसे देखते हुए, सुनते हुए उनकी आँखों में नींद आ जाये। उनमें से एक चार दिन से बेख्वाब है।

अज़ीज़ुन : और तुम उसे लोरी सुनाओगी।

रौशनी : हमीद कुरैशी बता रहा था कि हुकूमत में उसका ऊँचा ओहदा है। कल को खिलाफ कोई बात हो या सिफारिश की जरूरत पड़े तो काम आयेगा।

अज़ीज़ुन : इसलिए उसके कहे मुताबिक उसका इस्तकबाल होना चाहिए। मैं इसकी इज़ाजत नहीं दे सकती।

रौशनी : आज नहीं तो कल दोगी। आखिर, यहाँ अब तशरीफ लायेगा कौन ? अफसरों की नज़र में आने के बाद इस जगह की आबरू रह ही क्या गई ? जहाँ नाम दर्ज होते हों, कागज पर लिख लिये जाते हों वहाँ इस शहर का कोई शरीफज़ादा आना हरगिज़ पसन्द नहीं करेगा। फिर बचा कौन ? हुकूमत के नुमाइंदे या उनसे लोहा लेने की कुव्वत रखने वाले ठग और लुटेरे।

अज़ीज़ुन : नहीं...हाँ...शायद...शरीफ लोगों का दामन तो बारिश की छींटों से भी मैला हो जाता है।

रौशनी : एक गोरे शख्स को पहले इतने करीब से नहीं देखा। वह भी इस हाल में कि...

अज़ीज़ुन : तूने इरादा कर लिया है ?

रौशनी : मैं चाहती हूँ कि...

अज़ीज़ुन : तो फिर जा...जो मुनासिब लगे, वही कर। सिर्फ अपनी खैरियत का खयाल रखना।

रौशनी : जरूर आपा...अगर दो मोहरें भी नसीब हुईं—तो आपके जैसे झुमके मेरे कानों में भी होंगे। **(जाती है।)**

जुबैदा : उसे रोकना चाहिए था।

अज़ीज़ुन : रोकने का काम तो वालदेन या बुजुर्गों का है। उनकी ग़ैर

मौजूदगी में फैसलों का हक हासिल है। फिर क्या मालूम जुबैदा...मैं उसके मनसूबों-ख्वाहिशों को पूरा कर सकूँ या नहीं...। क्या आज के बाद वाकई यह वज़्म बेरानगी में डूब जायेगी। जहाँ साजों की गूँज रहती थी वहाँ सिर्फ एक तन्हा आह बेहिस्स, बेआराम बारहदरी को ताकती रहेगी...अपनी ही हरकत से लरज़ जायेंगे ये साये ?

(दूर अज़ान। अज़ीज़ुन नमाज खोल पढ़ती है।)

हमीद : पसन्द आया।

रौशनी : खैर दिलकश तो है। उसकी बेगम साथ नहीं आयी।

हमीद : तब तुम्हारे पास क्यों आता...सुना है, चन्द रोज में पहुँचने वाली है। पर तुम बेफिक्र रहो...खूबसूरती के जरूरतमंद और बहुत हैं और अब तो तुम्हारा ठिकाना जान गया हूँ।

रौशनी : आपा को यह दिलचस्पी गवारा नहीं होगी।

हमीद : नया मकान ले लेंगे। बाजार से हटकर छावनी के और नज़दीक।

रौशनी : तुम लोगे...?

हमीद : जिसे आज रात चैन की नींद नसीब हुई है...वह सुबह जब खुद को तुम्हारी ख्वाबगाह में पायेगा तो कैसा महसूस करेगा। दस-बीस मोहरें तो अपनी पशेमानी की वज़ह से ही दे देगा सोचते हुए कि जो हुआ वह वाजिब था या नहीं।

रौशनी : था क्या ?

हमीद : तुम उसे पसंद आ गईं तो अपनी एक बीवी की तरह कबूल भी कर सकता है। बीवी घर बनवा देगा। ठाट से रहना। फिर तुम्हारे सामने उन्हें हाजिर करूँगा जिनके कचहरी दफ्तरों में काम अटके हुए हैं और तुम उनकी सिफारिश का जरिया बनोगी।

रौशनी : मेरा इतना अख़्तियार होगा...?

हमीद : बेशक। और नहीं हुआ तो क्या गम। मकान तो ले ही लेंगे और फिर...

रौशनी : उसे सजाऊँगी मैं...कालीन, मसनद, कमकम और सुराहियों से।

हमीद : तुम शाम की महफिल जमाना और मैं अहले फिरंग पेश करूँगा। बहुत खास और नफीस जगह होगी। चुनिंदा लोगों के लिए मखसूस।

रौशनी : लेकिन अगर इसने बीवी बनाने की जिद्द की ?

हमीद : उसके बदले में देता क्या है...वह देखेंगे। आधा मेरा, आधा तुम्हारा।

रौशनी : उसके हाथ में मोहरों की थैली थी। जाने कहाँ गिर गई।

हमीद : ये है न...मेरे पास।

रौशनी : आह! आधा मेरा...आधा तुम्हारा। **(थैली की ओर लपकती है।)** कितना और झुकेगा सिर हमारा...।

अज़ीज़ुन : बलबला हर पाकिज़गी को बहाए लिये जा रहे हैं। हर दम इबादत के यामे आँख बंद किए बैठे हैं, लेकिन जो इसे रोक पाए वही तो असली इबादत है।

(नमाज़ छोड़ खड़ी हो जाती है।)

अज़ीज़ुन : रात गहरी हो आई है। सवार न मालूम किस हाल में है। कम-से-कम उसे आगाह तो कर आऊँ कि यहाँ न आये—हालात बदल गये हैं।

जुबैदा : सुबह हो जाने दो।

अज़ीज़ुन : कहीं देर न हो जाए...

जुबैदा : फिर भी मैं साथ चलती हूँ।

अज़ीज़ुन : नहीं।

जुबैदा : खतरे का काम है ?

अज़ीज़ुन : इसलिए तो।

जुबैदा : अपना खयाल रखना।

अज़ीज़ुन : तुम भी...जुबैदा...**(जाती है।)**

भाग-3

(रात, नदी का किनारा। मशीनगन को साथ लिये शम्सुद्दीन सवार बैठा है। पास में एक सिपाही...कुछ गुनगुना रहा है। आस-पास दो-तीन और सिपाही)

सिपाही : वह उठा आहे सर्द भरते हुए
पुर दर्द सीने में बारूद लिये।
मुसाहिब उसका न कोई था
हमनफस न उसका भी कोई था
साकिए अज़ल का करके खयाल
हुकूमत पे उसने किया था वार
निर्दयी काहिर निगाहों में हुआ गुनाहगार।
के जकड़ा गया वह, पकड़ा गया वह
चश्मे नम न हुए ग़मगीन न था
सरफरोशी की सरमस्ती में सरबसर,
शादमन, हँसते-हँसते हुआ रुख्सत
दामन में अपनी शहादत लिये।
नूर अफ़जा है मंगल वह महशद आज,
नूर अफ़जा है लब पर तेरा नाम आज
शमए खामोश न होगी शमए हस्ती तेरी
सदियों तक रहेगी सर गुज़रात तेरी।

शम्सुद्दीन : तो पहला वार उसने किया। वह एक अज़ीम शख़्स था। मंगल पाण्डेय...बैरकपुर...को यह शर्फ़ हासिल हुआ। वह उठा आहे सर्द भरते हुए और हम मायूस बैठे रहे, खुद की सोचते

रहे..इस सरताबी की पहल करने वाला, सिपाही के लिए मिसाल बनने वाला मंगल—जिसे मजलूम किया गया... । क्या यह भी हम देखते रहेंगे...हर नाइनसाफ़ी को हाकिम का अहकाम मानकर सब्र करते रहेंगे... ? उन्हीं की हिमायत करते रहेंगे जिन्होंने उसको निशाना बनाया। वह था हम-सा एक सिपाही...हमारे सीने में इतनी मोहब्बत नहीं रही कि हमजमात, हमपेशा, हमनशीन के लिए एक लफ़्ज कह सकें ...आबे चश्म बहा सकें। सचमुच, इतने ख़ौफज़दा हैं हम उनसे? जिन्हें हमारी बदौलत यहाँ की मिल्कियत हासिल हुई? तो क्या हममें से वही एक था जिसके पास ज़मीर था...जो हौसलामंद था ? इस सानिहे को नज़रअंदाज कर, जिंदा दर गोर अब कैसे रहा जाएगा ?

अलीखान : सरताबी की शुरुआत हो चुकी है। अब उसका रुख मोड़ना मुश्किल है।

सिपाही-2 : पर बैरकपुर का अंजाम ? पूरी प्लाटून के हथियार ले लिये गए। उसे बरखास्त कर दिया गया।

अलीखान : ऐसी मुलाज़िमत का क्या फायदा जो खुद को ही लानत दे।

सिपाही-3 : फिर किसके मुलाजिम बनोगे ? किसका अहकाम मानोगे ?

शम्सुद्दीन : अपना...

सिपाही-2 : न...सिपाही लड़ सकता है, मर सकता है...पर खुद फौज नहीं बनाता। लहू बहाता है...पर हाकिम की इजाज़त से...उसके बिना वह एक मामूली कातिल है...

सिपाही-1 : क्या कह रहे हो तुम ?

अलीखान : साफ-साफ कहो अहकाम चाहिए और आबोदाना भी।

सिपाही-5 : सात रुपए। हमारी मशक्कत का जायज़ मेहनताना।

सिपाही-4 : जिसमें दो रुपए कमाण्डर ले जाता है रेस में अपना घोड़ा दौड़ाने के लिए।

सिपाही-1 : कितने वायदे न किए इस वायदा-फरामोश कम्पनी सरकार ने। फिर भी तुम्हें उस पर एतबार है ?

सिपाही-2 : यह मेरे पेशे की शर्त है।

शम्सुद्दीन : ये जंग जल्द एक जिहाद में तबदील होने वाली है। तब भी

क्या तुम एक पेशेवर सिपाही ही बने रहोगे ? या चाहते हो कि हमारी पूरी प्लाटून किसी दूसरे ताघदार शख़्स की मुलाजिम हो जाए...तब इसमें शामिल होना आसान हो जाएगा?

अलीखान : लो, लाव-लश्कर अब एक सरताज, एक दूसरे साहिब का इंतजार करो।

सिपाही-3 : गर्म लोहा सर्द हो जाए तब भी उसे तलाशना निहायत जरूरी है।

शम्सुद्दीन : और अगर यह मुमकिन न हुआ तो कानपुर खामोश रह जाएगा?

सिपाही-2 : मैं नहीं जानता...।

सिपाही-4 : रोजे महशर का भी सोच। उस दिन तुम अपनी कोताहियों के लिए खुद जिम्मेदार होगे।

सिपाही-2 : यह मौलवी साहब ने कहा ?

सिपाही-4 : और यह भी कि इस साल प्लासी के वाकये को सौ साल पूरे हो रहे हैं। खुदा के बन्दो यह इब्तिदा का वक्त है।

सिपाही-2 : यानि ?

सिपाही-4 : खुदा और खुद के दरम्यान फैसला करो...कम्पनी सरकार या मज़हब...

सिपाही-2 : यह कहा उन्होंने ? या अल्लाह। हम पर रहम कर। जिसे जिल्ले सुबहानी कहा उसे अब दुश्मन कबूल करूँगा।

सिपाही-4 : हयाते मुस्तर से दिल लगाए बैठे हो। आज है और कल नहीं...

सिपाही-1 : चार दिन की ज़िन्दगी पे जन्नत को दाँव पे लगाए बैठेगा।

सिपाही-2 : चार दिन जब तक खत्म नहीं होते सामने ही दीखते हैं अगले चार दिन। उन्हें कैसे जिऊँ।

सिपाही-3 : कंधे पे लादकर चल।

सिपाही-2 : बहुत भारी है।

अलीखान : कंधे पे नहीं उठाओगे तो कंधे और भारी हो जाएँगे।

सिपाही-2 : मुझ पर जो वज़न है उसका मुझे अंदाज है।

शम्सुद्दीन : तो लाओ उसे मेरे हवाले कर दो और खुद बेफिक्र हो जाओ। तुम्हारे हाकिम की ज़बान किसके ज़रिए से तुम तक पहुँचती

रही है ? मेरे ही न। मैं ही तुम्हारा मुहतमिक हूँ और मुहाफिज़ भी। इस प्लाटून को तुम जिस शक्ल में जानते आए हो—वह वैसी ही मिलेगी। परचम भी यही और पोशाक भी।...वही काम वही महकमा, सिर्फ इरादा बदल जाएगा। सिपाही से मुहारिब हो जाओगे...यह क़सूर भी है तो तुम बेक़सूर हो—गुनाह है तो तुम बेगुनाह हो, क्योंकि आज से हर फ़ैसले की ज़िम्मेदारी मेरी है, हर खता का ज़िम्मेदार मैं हूँ।

सिपाही-2 : तुम्हारी...? तो मैं मानूँगा जो तुम कहोगे...पर मेरी शमशीर नहीं पाएँगे।

शम्सुद्दीन : मेरे लिए नहीं लड़ोगे ? फिर तुम मुझसे लड़ पाओगे...?

सिपाही-2 : तुमसे...?

शम्सुद्दीन : क्योंकि अगर हम बँट गए...अगर हमारे रास्ते अलग हुए तो आख़िरी जंग में किसका किससे मुकाबला होगा ? तुम्हारा मुझसे...मेरा तुमसे...।

सिपाही-2 : हम जो साथ-साथ चले हैं लड़े हैं...रात-रात भर छाते सहरा में...मैं तुमसे नहीं लड़ पाऊँगा...पर उनसे भी नहीं...और खुदा से हरगिज़ नहीं...।

(चला जाता है, बाकी सिपाही हँसते हैं।)

शम्सुद्दीन : सुनो...ये इम्तिहान का लम्हा है। इसमें सख़्ती से पेश न आओ। हर किसी की रूह ज़ख्मी है। हर कोई अब्रे सियाह से घिरा है। ऐसे में उसे तन्हा छोड देना कहाँ तक मुनासिब है ? **(पीछे जाता है।)**

अज़ीज़ुन : सवार!

शम्सुद्दीन : अज़ीज़ुन ? यहाँ इस वक्त...?

अज़ीज़ुन : आने का वायदा तुमने किया था।

शम्सुद्दीन : वायदा फ़रामोश कम्पनी का वायदा फ़रामोश मुलाज़िम।

अज़ीज़ुन : वायदा मुकम्मल होना चाहिए। तुमसे नहीं हुआ, तो हमीं ने किया। भूल के मेरे बज़्म की राह, दी राह मुझे कि सारा जमाना हुआ है आज बज़्म मेरी।

अलीखान : तो इस हिम्मत का राज़ यह मोहब्बत है जो हर सरहद पार किए जाती है। दिल में अरमान हो बस। फिर दायरे फैल

जाते हैं। **(जाता है।)**

शम्सुद्दीन : मैं मसरूफ था अज़ीज़ुन। तुम आईं तुम्हारा शुक्रगुज़ार हूँ। अब इस कद्र सबके सामने।

अज़ीज़ुन : सब। हाँ सभी तो हैं यहाँ पर गैर कौन है ?
वह वज़्म है हमें कोई बताए हमनवा कौन हैं ?

सिपाही-1 : मौका माकूल हो तो हम फरमाएँगे—हम सभी हैं।

अज़ीज़ुन : जहे नसीब कि ऐसे शिरीन सुखन सुनने को मिले। खुदा तुम्हारी हर शाम में सुरूर भरे। **(गज़रा उछालकर चल देती है सिपाही लपकते हैं—फूलों को लेते-छीनते हुए चले जाते हैं।)**

शम्सुद्दीन : तालिफ़े कुलूप कोई तुमसे सीखे। नज़र-नज़र से खेल जाती हो और फिर आँख चुरा लेती हो।

अज़ीज़ुन : नज़र-से-नज़र मिलाती भी हूँ। किसी की मशरूफियत में खलल डालकर कभी।

शम्सुद्दीन : मुझे यकीन नहीं होता।

अज़ीज़ुन : इतने करीब होने पर भी...?

शम्सुद्दीन : हाँ करीब हो...जैसे महताब है लहरों की आगोश में। उसने चाँदनी-सी चमक दी, रोशनी दी, अपना साया भी झुलाने दिया ...तासीर तो दी पर खुद को बचाए रखा...।

अज़ीज़ुन : और अज़ीज़ुन के पास वह नहीं सिर्फ एक चेहरा एक मुसकान, एक तबुस्सम से हर एक अदा। उसकी तासीर क्या है, वह खुद नहीं जानती, शायद तुम...

शम्सुद्दीन : मैं फ़लक को आज़माने का हौसला नहीं रखता।

अज़ीज़ुन : फ़लक तो नज़र की खुमारी है और वह नज़र जो माँगती है, मैं वह अदा पेश करती हूँ। यही मेरी खासियत है। उस शबीह की गिरफ्त में, नगीनों के साये में, मैं हूँ इस शहर की धड़कन, पर उस धड़कन में दिल कहाँ है ?

शम्सुद्दीन : है। इतना मैं जानता हूँ। बेहद गहरा और वसीह...तुम शक्लो-शमाइल में खूबसूरत हो...ज़माने की बेबाक निगाहें कहीं जख़्मी न कर दें तुम्हें। बेवक्त घर से निकलना ठीक नहीं।

अज़ीज़ुन : और जो बिना दस्तक दिए सीधे निशस्तगाह में चले आए?

शम्सुद्दीन : किसने किया, कौन ?

अज़ीज़ुन : कम्पनी सरकार के नुमाइंदे।

शम्सुद्दीन : रक्स के लिए आरज़ूमंद थे ?

अज़ीज़ुन : नहीं। तफ्तीश के लिए आए थे। उनको इलहाम था कि वहाँ मुखालिफत की मजलिस लगी और एक गुस्ताख़ सवार उसमें शामिल होने आया है।

शम्सुद्दीन : उन्हें यह मालूम न था ? कोई सुरागरसाँ है हमारे बीच। तुम्हें नहीं आना चाहिए था। मान लो किसी ने पीछा किया और...

अज़ीज़ुन : और जान लिया कि तुम कहाँ हो।

शम्सुद्दीन : अपनी फिक्र नहीं है मुझे। मंगल पाण्डेय मुझसे उम्र में कहीं छोटा था। मैं अपने हिस्से की जिन्दगी कब की जी चुका हूँ।

अज़ीज़ुन : आगे की ज़िन्दगी मेरी अमानत है।

शम्सुद्दीन : नहीं अज़ीज़ुन—मैं अपने गुनाहों का मकरूज हूँ। खुद पर कोई इख्तियार नहीं है।

अज़ीज़ुन : वायदा करो कि...

शम्सुद्दीन : नहीं, अज़ीज़ुन...नहीं कर सकता। दिखता है—बस मुश्किल तारीक़ मुश्तकबिल...वह तुम्हारे लायक नहीं है।

अज़ीज़ुन : कैसे फैसला किया ?

शम्सुद्दीन : सिर्फ अपने लिए...मैं अपना जवाबदेह हूँ।

अज़ीज़ुन : और मैं सिर झुकाए ही जीती रहूँ। अभी तुम्हारे इम्तिहान का वक्त नहीं आया है।

शम्सुद्दीन : अभी नहीं...नाना साहब की हुकूमत आ जाने दो—फिर देखना...तुम्हारा घर सोने से भर दूँगा।

अज़ीज़ुन : तुम घर भरोगे...यही काफी है मेरे लिए। **(हँसती है।)** ये रात इतनी खामोश क्यों है सवार ? सिर्फ गंगा की कल-कल, हवा की सर-सर और वह...भेड़ियों की आवाज़ है क्या ? नदी के उस पार से...कौन वहाँ तक पहुँच गया ? जल्द ही इस पार भी...नहीं भूखे भेड़ियों के लिए गोश्त हम, तन्हा परदेशियों के लिए गोश्त हम...।

शम्सुद्दीन : आने दो उन्हें। इस बार सिर्फ एक ही रंग का गोश्त नसीब नहीं होगा—ज़ियाफत में दोनों रंग होंगे। बहुत जल्द होगा कुछ-न-कुछ। सुनाई दे रहा है...ऐसा कोहराम मचेगा, शररबार होगा कि जमीन दहल जाएगी...ये शादाब फ़िज़ा सुर्ख शहाब में नहा जाएगी। **(मोहम्मद अली का प्रवेश)**

मोहम्मद : हाँ शम्सुद्दीन, मैं तुम्हीं को ढूँढ़ रहा था।

शम्सुद्दीन : छावनी की क्या ख़बर है ? कोई अफवाह।

मोहम्मद : तुम मुतमइन रहो—हमारे साहिब सरगोशियों पर यकीन नहीं करते।

शम्सुद्दीन : लेकिन उन्हें हालात का इल्म है।

मोहम्मद : पूरी तरह से नहीं।

शम्सुद्दीन : फिर भी है। उन्हें मुझे पर शक हो गया है...क्या करेंगे...कल परेड में वर्दी उतरवाकर पैरों में बेड़ियाँ कस देंगे या सीधे दारोरसन की जानिब ले जाएँगे ?

मोहम्मद : फिलहाल वह खामोश ही रहेंगे। सिपाही का मिज़ाज समझ नहीं पा रहे। इसलिए बेहतर है कि हम लोग तैयारी मुकम्मल कर लें। मुआफ़ करना, जानता नहीं था कि इस वक्त मसरूफ़ हो...

शम्सुद्दीन : तुम चलो, मैं आता हूँ।

मोहम्मद : हर कदम पर पहरा है। कोई नहीं जानता कौन किस पर वार कर बैठे। हो सकता है, बात होने से पहले ही...।

शम्सुद्दीन : तो कहो।

मोहम्मद : आप मोहतरमा...

अज़ीज़ुन : जो कहना चाहते हैं बिना खौफ के कहें। बेफिक्र रहिए मैं उसे दोहराऊँगी नहीं।

मोहम्मद : आपकी दिलचस्पी का मसला नहीं है।

अज़ीज़ुन : आपने जान लिया ? मेरी दिलचस्पी के बारे में ?

मोहम्मद : हम जंग की तैयारी में हैं।

अज़ीज़ुन : जिसकी शुरुआत शहर की गलियों में हुई। उन्हीं में कहीं मेरा घर है। सूरते-हाल क्या है। झरोखे में देखती हूँ, सुबहोशाम। क्या महसूस नहीं करती। ये बेदारी का माहौल ? मायूसी का

आलम ? ये रफ्ता-रफ्ता बढ़ती सर्दगानी।

मोहम्मद : बात उससे आगे बढ़ चुकी है।

अज़ीज़ुन : बेशक। बाज़ारवालों के हाथ से निकलकर फ़ौज के महकमे में दाखिल हो गई है।

मोहम्मद : आपको मेरा अंदाज नापसन्द जरूर होगा, पर आखिर जद्दोजहद से एक ख़ातून का क्या वास्ता ?

अज़ीज़ुन : जो उसका जिन्दगी से है।

शम्सुद्दीन : यह मोहब्बत नहीं, जंग है।

अज़ीज़ुन : और मुझे इस जंग से मोहब्बत है जो मेरे दरवाजे पर दस्तक दे चुकी है।

शम्सुद्दीन : ये हमारे पेशे के दायरे में है। लेकिन करोगी क्या ? तुम तलवार के पैंतरों से भी वाकिफ नहीं हो ?

अज़ीज़ुन : शिरकत का यही एक तरीका है।

शम्सुद्दीन : पर वह लहूलुहान जिस्म की धज्जियों का उड़ना तुम्हें बरदाश्त नहीं होगा। मर्दों के दिल दहल जाते हैं और तुम...।

अज़ीज़ुन : बारूद और लहू से रँगे हुए मर्द ही मेरी बारहदरी में आते हैं। ताउम्र उन्हीं के बीच गुजारी है। उन्हें बरदाश्त कर सकती हूँ तो उनके बनाये हुए मंजर को क्यों नहीं ?

शम्सुद्दीन : या खुदा, एक खूबसूरत हसीना जंग की दिवानी हो गई है। अब कोई ऐसी गुलपोश यह हो, ताकि तुम्हारे पैरों में ख्वार न चुभ जाए।

मोहम्मद : अज़ीज़ुन, तुम्हारी अपनी हैसियत है। हुनर और काबिलियत दोनों की कमी नहीं, इसी शक्ल में तुम्हें पेश आना चाहिए—हमारी खातिर। इनसान की रग-रग तुम बखूबी पहचान लेती हो। रम्ज़ आगाह हो। अहले फौज़ के रस्मोराह से भी वाकिफ़ हो। शहर छावनी—जहाँ से मुमकिन हो, जो भी मालूमात हासिल कर सको, हमें दो, ताकि सूरतेहाल को हम बेहतर समझ सकें।

अज़ीज़ुन : आपकी सूराग-रसाँ बनकर। मुझे कुबूल है। आखिर यह रंगीन अंदाज़, यह शोख़ अदा किसलिए ? जो गुलनार-सी दिखे, गुलदम-सी चहके, ऐसी महज़बी, कुशादज़बी के सामने कौन

बेनकाब नहीं हो जायेगा ? इस साक़ी के हाथ का मय गुलरंग लबों पर सारे राज़ रोशन कर देगा।

शम्सुद्दीन : नहीं अज़ीज़ुन तुम नहीं जाओगी।

अज़ीज़ुन : जाऊँगी सवार, जा सकती हूँ इसीलिए कोई और राज़ी न होती शायद, तुम कहते भी नहीं, पर यही तो मेरी फितरत है और इसी की बदौलत अगर किसी नेक इरादे के काम आ सकूँ। यह मेरी ज़िन्दगी का हासिल है।

मोहम्मद : सोच लो, अभी वक्त है। **(जाता है।)**

शम्सुद्दीन : तुम इनकार करो, अज़ीज़ुन वहाँ—वहाँ जाओगी अजनबी लोगों के बीच जहाँ हमारे लिए भी कदम रखना मुश्किल है।

अज़ीज़ुन : यह इस अदाफहम का कमाल है। अब तक जिस्म रूह को खींचता था, अब रूह जिस्म को खींच ले जाएगी।

शम्सुद्दीन : यह खेल नहीं है अज़ीज़ुन, जो हँसती-हँसती ज़िन्दगी की बाजी लगा रही हो।

अज़ीज़ुन : मैं कर सकती हूँ सवार। यह ज़िन्दगी किसी की अमानत नहीं है। किसी की पाबन्द नहीं है। कोई इससे बावस्त नहीं है, फिर इसे फतह देने में कैसा गम ? सिपाही का वजूद सरकार का था, तवायफ का दिल भी किसी का नहीं था। शायद अल्लाह ने इसी के सबब मुझे तनहा और बेखानोमा रखा कि मैं अँधेरे से टकरा सकूँ, अनजाने रास्तों पर बेनियाज़ और बेखौफ़ चल सकूँ।

शम्सुद्दीन : मैं तुम्हें खोना नहीं चाहता।

अज़ीज़ुन : अब हमारे मकासिद एक हैं।

भाग-4

(छावनी का अंग्रेजी भाग। सामूहिक जगह। लोग नाचते हुए आते हैं। नाच-नाचकर बातें कर रहे हैं। एक ओर खड़ी अज़ीज़ुन बातों पर गौर कर रही है, ग्रीन के साथ।)

एक पत्नी : दोपहर भर में दो ख़त लिख पायी। टाम और जेन के लिए और बदकिस्मती देखो—वे भी शाम की डाक से नहीं भेजे गये।

पति-1 : बच्चों के बगैर दिल नहीं लगता, पर यह जगह उनकी परवरिश के लायक भी नहीं।

पत्नी-1 : इतना बड़ा घर और लम्बी दोपहर...।

पति-2 : तुम समझतीं क्यों नहीं—उर्दू सीखना निहायत जरूरी है। वरना ये नेटिब निगर क्या-क्या बक जाते हैं, पता नहीं चलता।

पत्नी-2 : सिंधिया ने शुरू किया था—पर फिलहाल मास्टर को रोक दिया है। कह रही थी हालात नासाज़ हैं।

पत्नी-3 : तुम्हारी बहन क्यों आना चाहती है ? उसे मना क्यों नहीं कर देतीं।

पति-3 : उसकी पसंद का यहाँ खाबिन्द मिल जाये तो क्या बुराई है।

पत्नी-1 : छड़ी घुमाओ और सब हाजिर। उन्हें लगता है, हम ऐश कर रहे हैं।

पति-1 : इस बार छुट्टी मिलने की उम्मीद कम है।

पत्नी-1 : पूरी गर्मियाँ यहाँ...पागल हो जायेंगे।

पति-1 : क्लब से बर्फ मँगवा लिया करो, बच्चों के लिए।

पत्नी-1 : बर्फ ! जानते हो आज दोपहर जब आँधी चली तो येमेली

ने क्या किया ? दौड़ी-दौड़ी बरामदे में गई और धूल को मुट्ठी में लेकर बोली, देखो माँ बर्फ। **(हँसती है। एलाइज़ा और मिसेज व्हिलीट का प्रवेश)**

एलाइज़ा : ये बेल्ट कभी बँधी नहीं रहती। देखो फ़िर खुल गई।

मि. व्हिलीट : घर पर कहती तो इसे निकलवा देती।

एलाइज़ा : हम बाहर भी पायज़ामा-कुरता क्यों नहीं पहन सकते ? देखो मैं कितनी बदनुमा लगती हूँ इन कपड़ों में।

मि. व्हि. : बिल्कुल नहीं। अपने वालिद का रंग पाया है तुमने। संगमरमरी चेहरा, गज़ाली आँखें, इंग्लैंडवालों से कम नहीं दिखती हो...

एलाइज़ा : रहने दो अम्माँ—मुझे मनाओ मत। तुम्हें मालूम है यहाँ आना मुझे सख़्त नापसन्द है।

मि. व्हि. : मुझे भी है। तुझसे ज्यादा और शायद इन लोगों को मैं...क्योंकि मैं इनसे अलग हूँ...एक नेटिव जिसका रंग गेहुँआ है। फिर भी जो इनके जर्नल को भा गई हो और उसने भी निभाया ...कितने साल।

एलाइज़ा : पर तुम शिकायत नहीं कर सकतीं। मुझसे बड़ी हो और जब तक अब्बा जनरल नहीं बने थे तुमने उतने साल अपनी मर्जी के कपड़े पहने हैं और मुझ पर अभी से लाद रही हो कि...

मि. व्हि. : ताकि तुझे आदत हो जाए। वह दिक्कत न हो जो मुझे आई। अब चलो सबसे मिल लो एक बार—सब अपने ही हैं।

एलाइज़ा : मैं नहीं, कितना फीका-फीका है इसका रंग और ये लटकते रिबन—नमूना लग रही हूँ मैं।

पत्नी-1 : गुड इविनिंग मिसेज व्हिलीट। लगता है, एलाइज़ा को अपनी ड्रेस नहीं जँच रही। क्या करे बिटिया—यहाँ पे दर्जी ही ऐसे हैं। मैंने एक गाउन दिया सीने को। सारा दिन बरामदे में कैंची चलाता रहा और शाम को फटे हुए कपड़ों की गठरी बनाकर गायब हो गया।

औरत-2 : उसने जानबूझकर किया होगा। यहाँ के लोग ही ऐसे हैं। हमारे पंखेवाले को ही लो दोपहर कैसी नाकाबिल बरदाश्त होती

है। और जनाब पंखा हिलाने को बजाय, खुद बैठे-बैठे बरामदे में झपकी ले रहे हैं।

औरत-3 : लगता है, बाज़ार में फिर किसी मौलवी ने तकरीर की है। उसी का असर है यह बदला हुआ रुख। डाक में चिट्ठी छोड़ने भेजा तो पाँव में चोट आ गई, खानसामा के हाथ गोश्त जल गया और ख़िदमतगार बिना कपड़े पहने हुए कमरे में चला आया।

औरत-1 : मैं इसलिए कड़ी नज़र रखती हूँ। बच्चों के लिए टार्टस बनाए थोड़ा। बेचारे दाल-भात से उकता जाते हैं और हुआ यह कि रोज़ ज़ार में से दो-एक गायब हो जायें, आखिर मैंने उनमें चूहों की दवा मिला दी। जब आया तो तबियत खराब हुई कैटवास आउट ऑफ द बैगी पता पड़ गया कि चोर कौन है। **(सब हँसती हैं।)**

अज़ीज़ुन : **(एलाइज़ा से)** क्या देख रही हो ?

एलाइज़ा : तुम्हारे माथे पर यह क्या है ?

अज़ीज़ुन : पसन्द है ? पहनोगी इसे ? लो उतारे देती हूँ।

एलाइज़ा : नहीं-नहीं यहाँ नहीं। घर पर हो सकता है। पता है, मेरे पास एक डिब्बा है उसमें खूब सारे गहने हैं। मैं पहनती भी हूँ कभी-कभी। पर यह नहीं है।

अज़ीज़ुन : बनवा दूँगी तुम्हारे लिए। हू-ब-हू ऐसा ही।

एलाइज़ा : सच ! पर मैं तुमसे कुछ ले नहीं सकती। अम्माँ ने मना किया है। ज़माना ही ऐसा है क्या करें। यहाँ आने को मन नहीं है तो भी आना पड़ता है।

अज़ीज़ुन : शायद ठीक भी है अपने ज्यादा लोग हों पास में तो हिफ़ाजत हो सकती है। मेरठ में पता है न क्या हुआ—बागी घरों में घुस आये और आग लगा दी, जो भी दिखा मार डाला। मैं इतना डर गई कि रात अम्माँ को पास बैठना पड़ा।

एलाइज़ा : मेरठ में ऐसा हुआ ... ? लेकिन यहाँ नहीं...। अब्बा कह रहे थे कि होगा भी नहीं। यहाँ का सिपाही उन्हें बहुत मानता है वफ़ादार है, हमारे खिलाफ कुछ नहीं करेगा।

अज़ीज़ुन : तुम्हारे अब्बा ने ऐसा कहा...उन्हें इतना भरोसा है...।

एलाइज़ा : सब ख़फा हैं उनसे। पहले से हैं। मेरी माँ नेटिव है न, इसलिए भी...कहते हैं, उनका एतबार सबको ले डूबेगा। इसलिए अब्बा ने कहा कि एहतियातन सब साथ रहो...जरूरत पड़ी तो दीवार डालकर छावनी की किलेबंदी कर लेंगे।

अज़ीज़ुन : सारी छावनी की ?

एलाइज़ा : नहीं उतना वक्त और पैसा कहाँ ? दो-चार बैरकों की और क्या...या हास्पिटल के आस-पास। मैं ईश्वर से कहती हूँ ...बाबा ऐसा न हो। रात-दिन इन लोगों के साथ रहना पड़ेगा ...छोटी सी जगह में तो सोचो क्या हश्र होगा ?

अज़ीज़ुन : वाकई बेहद तकलीफ होगी तुम्हें। **(खुद से)** हम पर पहले तवज्जो दिया होता तो ये नौबत न आती...**(बाहर से घबराया उत्तेजित अंग्रेजी अफ़सर प्रवेश करता है।)**

अफ़सर : मुझे वज़ह बताओ जो मेरठ में हुआ यहाँ क्यों नहीं हो सकता।

फेड्रिक : होगा। यही। इसी जगह। **(संगीत रुकता है।)**

औरत-1 : चुप करो फेड्रिक—तुम्हें यह नहीं कहना चाहिए था।

फेड्रिक : तुम्हारा नाच रुक गया इसलिए...? नाचो, खूब नाचो। नाचते-नाचते चूर हो जाओ। ताकि मालूम ही न हो कब वह आये और दफ़न कर गये सभी को।

औरत-2 : क्या सचमुच ? तुम्हारा अंदेशा है कि...नहीं।

एलाइज़ा : माँ।

पुरुष-1 : खुद को समझा लो फेड्रिक कुछ हुआ भी तो उसका मुकाबला किया जायेगा।

अफ़सर : कब ?

पुरुष-1 : जब वक्त आयेगा।

अफ़सर : वक्त तो बाहर घूम रहा है। तुम्हीं को खबर नहीं। यहाँ से बाहर जो नहीं निकलते। बाजार का आलम तो देखो। बात-बात पर चाकू का खेल...फसाद। कोई सिपाही सलाम नहीं कर रहा...उनकी चाल में अजीब तैश है। चेहरे पर सख़्ती और कंधे चढ़े हुए। हँसी और बेचारगी से भरी उनकी निगाह हू-ब-बू शिकारी की-सी लगती है।

फेड्रिक : ये मत कहो कि उन्होंने आगाह नहीं किया।

अज़ीज़ुन : खुदा से महरूम-सें लोग किस कद्र खौफजदा हैं।

अंग्रेज-1 : देखो वे भी घबराए हुए हैं। आज अफवाह थी कि हम उनके हथियार वापस ले लेंगे।

अंग्रेज-2 : ले लेने चाहिए।

अज़ीज़ुन : यह भी मुमकिन है।

अंग्रेज-1 : फिर उन्हें शक हो जायेगा। और तब वह घबराकर कुछ भी कर सकते हैं।

फेड्रिक : मेरठ के सारे सिपाही दिल्ली के लिए ही रवाना नहीं हुए। इस शहर में भी मौजूद हैं हमारे सिपाहियों के मेहमान।

अंग्रेज-2 : अब एक-एक की तलाशी नहीं ली जा सकती।

अंग्रेज-1 : तलाशी लेना भी खतरे से खाली नहीं है।

औरत-3 : इबादत करो अपने ईश्वर से कि वह हमें महफूज रखे।

औरत-1 : रखेगा। जरूर। मुसकराओ ऐरीन...हम यहाँ से चले जायेंगे और जल्द ही इंग्लैंड की सरज़मीन को देखेंगे—वह पहाड़, वह वादियाँ...।

अज़ीज़ुन : यह मय गुलरंग है। बेहतरीन। सुर्ख। गुलाब से भरे मैदान और बादलों से झरती मुलायम-मुलायम बर्फ। **(संगीत)** कुछ लोग पुनः नाचने लगे हैं। **(अज़ीज़ुन अफ़सर के पास जाती है।)**

अफ़सर : कुछ भी हो, बस होश न करो।

अज़ीज़ुन : जिन्हें तुमने देखा वह वाकई मेरठ के बागी थे ?

अफ़सर : क्या...?

अज़ीज़ुन : गंगा में तीन गोरी लाशें कानपुर की जानिब तैर रही थीं।

अफ़सर : तुमने देखा उन्हें ?

अज़ीज़ुन : सुना।

अफ़सर : मैंने भी सुना...पर देखने का हौसला नहीं कर सका...लोगों में कोई हरकत हुई...।

अज़ीज़ुन : हैरान रहे। बहुत देर तक। फिर जब यकीन हुआ तो लगा ये भी मुमकिन है।

अफ़सर : वह मारकर गंगा में बहा सकते हैं—यही न ? उन्हें मुमकिन लगने लगा है—बेहद पास सरकती आ रही है मौत। और हम

सिकुड़ते जा रहे हैं।

अज़ीज़ुन : फिर भी देखिए...शबेतार का कालापन कितना हसीन है। तारे रहमदिल हैं।

अफ़सर : नहीं...एक भी नहीं...।

औरत-1 : याद है सेवैसहीन जब हम जहाज पर आ रहे थे और समुद्र के लहर हमें छू जाया करती थीं, तुम कहते थे कि मुकद्दर हमें खींच रहा है।

पति-1 : अब भी है वह हमारे साथ।

औरत-3 : मुझे पकड़े रहो। छोड़ना मत।

पति-3 : तुमने बेशुमार खुदी दी है इस बात की तसल्ली है।

औरत-2 : आओ फेड्रिक– एक बार तो अपनी पुरानी मोहब्बत की धुन पर नाच लें।

फेड्रिक : अपने खाबिन्द को खुश रखो।

पति-2 : कम-आन फेड्रिक तुम भी दोस्त हो।

एलाइज़ा : मुझे भूख लगी है। खाना कब मिलेगा–अम्माँ। **(नाच पुनः गति पकड़ता है। मि. व्हिलीट...हेनरी के पास जाती है। ग्रीन अज़ीज़ुन को इशारा करता है। वह गाने लगती है बाहर कुछ सिपाही इकट्ठा हो जाते हैं। सहसा फेड्रिक उसके पास आता है। घूरता है।)**

फेड्रिक : निगर...ये यहाँ कैसे आई...किसलिए...इससे कहो कि जाये यहाँ से...जाये...जाओ...**(अज़ीज़ुन हैरान रह जाती है।)**

अज़ीज़ुन : जाने का वक्त होने को है।

फेड्रिक : देखो इसकी आँखें, जुल्फे, पुरखम...हमें डराने के लिए, खौफज़दा करने के लिए, ये बताने के लिए कि मौत कहाँ खड़ी है हम पर।

अज़ीज़ुन : नहीं-नहीं तो।

फेड्रिक : फिर आई क्यों ? हिम्मत कैसे की अन्दर आने की...?

अज़ीज़ुन : आप सुनें तो...मैं इनके साथ आई...इनके कहने से...

फेड्रिक : झूठ। एकदम झूठ। इसका चेहरा देखा...उस पर सच कहाँ है। **(उसको पकड़ लेता है।)**

अज़ीज़ुन : नहीं-नहीं। देखिए...मैं तो सिर्फ इनके साथ बस इस शाम.

फेड्रिक : इसी शाम। एक ही शाम। उसी में खत्म करना चाहती है सबकुछ। **(उसकी पकड़ कमजोर होते ही सहारा लेकर खुद को पकड़ती है।)**

अज़ीज़ुन : नहीं–नहीं ऐसा नहीं है।

फेड्रिक : हाँ।

अज़ीज़ुन : **(उसकी ओर बढ़ती है।)** मैं आपको नुकसान नहीं पहुँचा रही–पहुँचाना नहीं चाहती–मैं।

फेड्रिक : हिलना नहीं। वहीं रुक। निगर...।

अज़ीज़ुन : आप सुनिए तो...।

फेड्रिक : रुक जा वहीं...वहीं...।

अज़ीज़ुन : लेकिन...**(फेड्रिक उसे मारने को होता है, पिस्तौल दाग देता है। अज़ीज़ुन खुद को बचाती है।)**

एलाइज़ा : ओह!

(सिपाहियों में भगदड़)

भाग-5

मो. अली : तो तुम्हारे मुताबिक वो खौफज़दा हैं, खुलकर मुकाबला नहीं करेंगे। छावनी की किलेबंदी की जा रही है। हमारा पहला निशाना वही होगा। उनके मायूस जजबातों का किला।

जुबैदा : लेकिन उन्होंने तो निशाना दाग दिया है।

मो. अली : इस सानिहे को नज़रअन्दाज नहीं किया जा सकता, हालाँकि ये जंग की इब्तिदा नहीं है।

सरवर : उस फिरंगी अफ़सर को सबके सामने हिरासत में लिया गया फिर...रिहा कर दिया...अदालत के मुताबिक वह मय की गिरफ़्त में था, सो काबू में रहना नामुमकिन था उस मासूम के लिए...

अज़ीज़ुन : यह कहा उन्होंने...?

मो. अली : उनसे और उम्मीद की जा सकती है। अगर वो वाकई हमारा एतबार चाहते तो उसे सज़ा मुकर्रर होती, पर अपनी हौसलापरस्त जमाल का गुरूर क़ायम रखने का उन्हें ज़रिया मिला।

सरवर : अब होशियार रहो हाकि़मो...हर सिपाही नशे में बेकाबू है। निशाना कहाँ चल जाये, उसे खबर नहीं।

मो. अली : फिलहाल हमारी तरफ से कोई हरकत न होना ही बेहतर है। एतबार की परदापोशी बनी रहे। मामूली-सा हादसा हुआ नहीं कि वो सिपाहियों से हथियार वापस ले लेंगे। पहले तैयारी मुकम्मल हो जाये फिर...

सरवर : तब तक सब्र कैसे होगा ?

मो. अली : हमारा मक़सद है लोहा लेना—सिर्फ आक्रोश को ज़ाहिर करना नहीं। यह अठारह सौ सत्तावन है। प्लासी के ठीक सौ साल बाद—बदलाव का वक़्त आया है। अंग्रेजों को जाना ही है। फतह से हमें कोई महरूम नहीं कर सकता। वह हमारा कोरा हक है मुकद्दर है।

जुबैदा : लेकिन अज़ीज़ुन पर जो हमला...

मो. अली : इस जंग में किसी का कोई मुक्तलिफ वजूद नहीं है। ये काले और गोरों के बीच की कशमकश है जो फैसले के लम्हे को छूने जा रही है। एक काली चमड़ी के जख़्म का मुआवज़ा है। एक गोरी जिन्दगी उससे कम नहीं, ये हमारा तय किया हुआ उसूल है।

जुबैदा : गोया ये मरहम किसी के काम आयेगा।

मो. अली : न सही, लेकिन हमें फतह की जानिब ले जायेगा। हर किसी की जान से बड़ी है ये ज़मीन।

जुबैदा : सर्द और बेजान जिसमें जिन्दगी की हसरतो-हरकत नहीं।

मो. अली : जो हमारी आखिरी आरामगाह है जिसके आगोश में तमाम अहसासो हसरतें सर्द हो जाते हैं। जिसकी बेजुबान गुलामी की हम जुबान हैं जिसका जज़्बा हम हैं। जिसकी जुम्बिश हमारी हरकतों से है। अब उसी की रिहाई हमारा मक़सद है।

जुबैदा : शम्सुद्दीन को इस हादसे का इल्म है ?

मो. अली : शायद नहीं...मैं इत्तिला कर दूँगा...हम तुम्हारे अहसानमंद हैं अज़ीज़ुन...अपना ख़याल रखना। खुदा हाफिज।

जुबैदा : लो इनके लिए जान आफत में डालकर शामोसहर दीवानी रहती हो।

अज़ीज़ुन : रक्कासा ने अपना किरदार निभाया और क्या।

जुबैदा : महफ़िल का माहौल नहीं—चली है जबरन मुजरा करने।

अज़ीज़ुन : मुझे अंदेशा होना चाहिए था।

जुबैदा : किसी ने मश्वरा दिया ? मजहर कैसा है। उन्हें तो मालूम था इसलिए कहती हूँ इस बला से दूर रहो। ये मर्दों की लड़ाई है, उन्हें निपटने दो। जिससे तुम नावाक़िफ हो जिसके

नाकाबिल हो।

अज़ीज़ुन : मैं उसके काबिल होना चाहती हूँ।

ज़ुबैदा : फिर जाओ और बैल से कहो कि आ मार मुझे। ये साबित करने के लिए तुम उससे लड़ सकती हो। पर कभी बैल के सींगों को छूआ है। खुरों को गौर से देखा है ?

अज़ीज़ुन : तुम्हारी हिदायतों से लगता है, गोया मैं कसूरवार हूँ।

ज़ुबैदा : सो तो हो ही, एक गुलकारा को चाहिए कि टट्टीया बंद रखे और फिज़ा बदलने तक अपनी नयी नज़्म के मज्मून को तरतीब दे।

अज़ीज़ुन : बाहर लहुलूहान हो और अन्दर स्याही के क़तरे गिरें।

ज़ुबैदा : कम-से-कम मालूमात तो है तुम्हें। खून में खेलने से लाख दर्जे बेहतर है। अल्लाह का शुक्र है तुम्हें चोट नहीं आई वरना...

अज़ीज़ुन : चोट लगी है ज़ुबैदा...पता नहीं कहाँ...

सरवर : दर्द उसका ठिकाना है इतना कह सकता हूँ।

ज़ुबैदा : और उससे ज़्यादा नहीं ? सिपाहियों के बन्दोबस्त मुत्तालिक कुछ नहीं ? अज़ीज़ुन तुम लोगों की मैं रफ़ीक नहीं—हिमायती नहीं, फिर क्यों उसे दुश्मनों के घेरे में अकेले जाने दिया गया।

अज़ीज़ुन : शायद यह मौका ही नहीं था। एक रक्कासा ही तो थी मैं, उसके साथ कैसी भी वारदात हो, कोई बड़ी बात नहीं। जिसकी इज्जत नहीं उसकी बेइज्जती क्या मसला है।

ज़ुबैदा : तुम इनकी लड़ाई में शामिल हो और ये...

सरवर : सब अपनी-अपनी लड़ाई में शामिल हैं ज़ुबैदा बी अपने हिस्से का जहर लिये। मेरी माँ को फर्क करना भी फिजूल लगता था। पाक और नापाक में, बासी और ताजा में—मर्द और मर्द में। और ठीक भी है, आखिर वो उसी ख़ाक में गई जहाँ सबको जाना है। सही और ग़लत एक ही अंजाम, एक ही जगह तमाम।

अज़ीज़ुन : फर्क सिर्फ इतना सा है हम जीते जी क्या करते हैं और क्या नहीं करते।

सरवर : गलती हमारी थी। तुम्हें तन्हा नहीं जाना चाहिए था। हममें

से किसी एक को...

अज़ीज़ुन : **ये मुमकिन नहीं था। अभी** हथियार उठाने का वक्त भी नहीं हुआ **है।**

सरवर : मैं कोई उसूल नहीं मानता। तुम्हारी मदद करता तो शायद मेरी माँ की रूह को सुकून मिलता।

अज़ीज़ुन : शायद खुदा को यही मंजूर है कि तुम्हारी नफ़रत बरकरार रहे। यह रंजिश का रिश्ता है, इसकी हिफ़ाज़त करना वह मौत को भी करीब नहीं आने देगा।

सरवर : ज़िन्दगी और मौत दोनों से बड़ा। इसके बगैर मैं क्या हूँ, फिर भी अगर इन हाथों से कुछ नेक हो जाता—तुम्हारी तकलीफ कम कर सकता...

अज़ीज़ुन : तुमसे शिकवा-शिकायत नहीं है सरवर...यह उम्मीद कि कोई तुम्हारा ख़याल रखे, खुद में मुग़ालता है।

सरवर : और शर्मसार न करो अज़ीज़ुन। इसका इंतकाम लिया जाएगा। मैं वादा करता हूँ।

अज़ीज़ुन : तुम मेरे लिए मुतमइन रहो और मैं जंग में शिरकत भी चाहती हूँ और उससे बचना भी यह फरेब नहीं तो और क्या है ? मेरे हाथों में इतनी कुव्वत क्यों नहीं। मेरे सीने में इतना हौसला क्यों नहीं...कोई मक्तब नहीं जो सिखा सके। पर मैं शागिर्द भी तो नहीं। खुदा जिसने मुझे इस दौर में पैदाइश दी है; इस शहर में जगह दी है, जिसके इशारे पर जंग में शामिल हुई तो वही दिखाएगा आगे की सबील भी। यह बदन सख़्त हो जाये, चमड़ा बन जाये। सौ खंजरों के जख़्म सह सके। आयेगी, ताकत आएगी। इंशाअल्लाह ज़रूर आएगी। अलविदा, मेरी पेशानी के नगीने अलविदा कयामत तक।

भाग-6

(रात का समय। अज़ीज़ुन के घर के बाहर रौशनी सामान की गठरी बाँध रही है।)

रौशनी : इतनी जल्दी क्या है आखिर ? सारा सामान भी नहीं बाँध पाई।

हमीद : फिर लेने आ जाना। अगर आज मकान नहीं लिया होता तो दूसरा कब्जा कर लेगा।

रौशनी : दुपट्टे को कलफ लगाकर सुखाया था उसे ले आऊँ।

हमीद : दस और ला दूँगा। अब चलो।

रौशनी : ख़ास रँगरेज से अबीर रँगवाया था।

हमीद : वहीं करीब में उसकी रिहायश है।

रौशनी : जेवर की डिबिया वहीं आले में छूट गई। उसे तो ले आऊँ।

हमीद : रात का वक्त। पुरख़तार रास्ते। पास में कुछ कीमती न हो। यही बेहतर है। जो पहने हो वह भी किसी ठग के लिए इशारा काफी है। उतारकर कहीं बाँध लो या मुझे दे दो। मैं हूँ तुम्हारे साथ।

रौशनी : तुम्हारा क्या एतबार। सिपाही हो। आज इधर, कल उधर।

हमीद : वायदा-करार हो जाने के बाद नहीं छोड़ता।

रौशनी : ये तारों-सी ढुलकती शबनम है आफताब आया नहीं कि इसके नामोनिशान गए नहीं।

हमीद : मेरी वफादारी पर यकीन न सही। अपनी खूबसूरती पर तो होगा कौन इस महज़बीं के साए से जुदा होना पसन्द करेगा?

रौशनी : ये चापलूसी किसलिए ?

हमीद : अब तक समझी नहीं थी—इस सब्र, इस खामोशी का सबब?

रौशनी : तो क्या मोहब्बत का सौदा करोगे ?

हमीद : सौदागर मोहब्बत नहीं कर सकता ?

रौशनी : सरे राह कतई नहीं।

हमीद : लेकिन जानती हो न—शहर के बीचोबीच अपना ठिकाना बनाने का मतलब ? हर बाशिन्दे को खुली दावत है—वह जब चाहे, जिस हाल में चाहे—

रौशनी : उन्हें रोका जा सकता है।

हमीद : और अगर वे ताकत पर आमादा हुए तो ? कोई चाहिए न जो उनसे मुकाबला करने को तैयार हो। और खुद को इस काबिल भी साबित कर सके।

रौशनी : अहले फिरंग आएँगे वहाँ।

हमीद : आएँगे। लेकिन उनके आने से पहले भी कोई आ सकता है।

रौशनी : वापस जा सकती हूँ। अभी आपा नहीं जानतीं।

हमीद : फिर बाहर कदम नहीं रख पाओगी—कुछ हासिल करने के लिए हौसला चाहिए।

रौशनी : मैं नहीं जानती...इस रात भी जो हुआ...मैं तैयार नहीं थी। और मुझे उसके साथ छोड़कर...तुम जाने कहाँ थे।

हमीद : तब तुम मेरी नहीं थीं।

(तभी दूर कहीं बारूद फटने की आवाज़)

रौशनी : उधर...उस तरफ से...

हमीद : नन्हे नवाब का मकान है वह। अंग्रेजों के वफ़ापरस्त...फिर किसके इशारे पर...

रौशनी : सिपाहियों ने हर रंजिश को ताजा कर दिया है। सोये हुए अरमान बोल रहे हैं **(और धमाके होते हैं।)**

हमीद : यह क्या...सिलसिला-सा...

रौशनी : वह देखो...धूल का बादल-सा उठ रहा है।

हमीद : सिपाही दौड़ रहे हैं...हैरीसन बँगले के जानिब। कुछ कप्तान के घर की तरफ मुड़े।

रौशनी : आग! वह देखो सुर्ख आसमान...स्याह धुआँ...।

हमीद : यह शोर...रफ्तार पकड़ते क़दम...।

रौशनी : उस रास्ते पर घोड़े दौड़ रहे हैं—बेलगाम...बेपरवाह।

हमीद : पूरी प्लाटून लगती है...परचम फैलाए।

रौशनी : हर तरफ। मुझे डर लग रहा है हमीद।

हमीद : छावनी की तरफ से जवान आया।

रौशनी : दोनों तरफ से अंधी बारिश...चाहे किसे लग जाये।

हमीद : दीवार से सटकर चलो। चौक के उस सिरे तक। वहाँ से गली में हो लेंगे।

रौशनी : यह ख़त्म नहीं होगा।

हमीद : बारूद के रहने तक।

रौशनी : आगे रास्ता बन्द है।

हमीद : बन्द...? जगह को घेर लिया है...यानि कब से तैयारी चल रही थी।

रौशनी : अगर हर रास्ता बन्द हुआ तो ?

हमीद : कोई-न-कोई रास्ता जरूर होगा...बागी फौज का मोर्चा कच्चा रह जाता है। अफ़सर सिपाही को तहजीब करना नहीं सिखाते। गौर से देखो।

रौशनी : यहाँ भी पत्थर बिछाए गए हैं...

हमीद : उधर...? हाँ है रास्ता।

(आदिला और हुसैनी आती हैं। हमीद और रौशनी पीछे हट जाते हैं।)

आदिला : एक के बाद एक बँगला धुआँ हुआ जा रहा है।

हुसैनी : सिपाही फैलते जा रहे हैं। उनका हुजूम नहीं रुक रहा। सारी ज़मीन अब उनकी रंज़गाह है।

आदिला : तमाम अंग्रेज...लगता है, उन चंद बैरकों में हैं। वहाँ से रह-रह कर बारूद फट रहा है।

हुसैनी : वे लड़ने में माहिर हैं।

आदिला : पर शहर जिनकी मुट्ठी में रहता था अब शहर की मुट्ठी में हैं। वह देख हुसैनी छावनी की बड़ी सड़क पर सिपाहियों का घेरा—शायद चन्द अंग्रेज़ इस हमले से बेखबर नींद की आगोश में थे जब उनके दरवाज़े पर मौत ने दस्तक दी... देख वह भागने की कोशिश में हैं और सिपाही उन्हें वापस

धकेल रहे हैं। लगता है, उनमें से कोई भाग निकला—गंगा की जानिब...पूरा हुजूम पीछे है...गोया इनसानों का दरिया उनसे मिलने को बेताब हो। उनकी शमशीरों की आब से रात रौशन है...दौड़ते हुए यूँ लग रहे हैं जैसे स्याह लबादे पर सुर्ख छींटें...।

हुसैनी : सोया हुआ शहर कैसे जाग गया है।

आदिला : सोया कहाँ था...इंतजार में था...अब हमारे कब्ज़े का मौका है।

हुसैनी : जो इंतकाम बाजीराव नहीं ले पाए...अब इन सिपाहियों ने मुकम्मल किया।

आदिला : सुन ! यह शोर...फ़तह की गूँज। लगता है, उन्हें मंजिल पे पहुँचा दिया।

हुसैनी : अब उन गोरों को नसीब होगी—यहाँ की मैली काली मिट्टी—जिस ज़मीन पर इख़्तियार कायम करने आये थे.. .नहीं जानते थे कि वही उनका कब्रस्तान है।

आदिला : इस मगरूर परचम को देख—जिसकी शान का यह आख़िरी लम्हा है। फख़्त चन्द रोज और, फिर इसकी धज्जियाँ भी नहीं दिखेंगी...हमारे कदमों का पापोश होगा इसका एक-एक रेशा जिसे ख़ाक में मिलने से पहले ही तबाह किया जायेगा, ताकि ये सरज़मी नापाक होने से बच जाये। **(परचम को झटकती है, तभी दूसरी तरफ से रौशनी और हमीद को देखकर हैरान रह जाती है।)**

आदिला : रौशनी इस वक़्त ? यहाँ ?

रौशनी : जी मैं बेगम...।

हमीद : नाना साहब की जय हो। पेशवा नाना साहब की जय।

हुसैनी : अपनी तारीफ तो फरमाएँ जनाब। देखने से सिपाही मालूम होते हो।

हमीद : आपने सही फरमाया।

हुसैनी : फिर रंजगाह में क्यों नहीं ?

हमीद : वहीं से आया हूँ। अज़ीज़ुन के लिए एक पैगाम था। उसी को पहुँचाने की कोशिश में था कि...

हुसैनी : सिपाही के साथ शामिल होकर अज़ीज़ुन की शोहरत दुगुनी हो गई है जो रक्काशा की हैसियत से हासिल न हुआ।

हमीद : नाना साहब का असर है हर मर्द पर कि चारों तरफ जोश का आलम फैला है। सिपाहियों ने कसम ली है कि...

आदिला : खुदा सिपाहियों को सलामती दे। उनके नेक इरादों को कामयाबी दे।

हमीद : आपकी दुआ है बेगम।

हुसैनी : तुम लोग खूब मौज में हो।

हमीद : यह इशारा है या हुक्म है ?

आदिला : आप वफ़ापरस्त हैं। फर्ज अदायगी आपसे बेहतर कौन जान सकता है...जिसके नक्शे कदम पर हो ज़मी निसार उस सुर्खरू तमन्ना के मिसाले यार।
तज्ज़लुम की तदबीरे ताबीज़ हो तुम।
शामिले-हाल के मुतमइन मर्कज़ (राहबर) हो तुम।

हमीद : वाह ! क्या शिरीन अल्फाज़ कहे हैं आपने।
आपकी सुख़न-नवाज़ी से सुबकगाम हो चले हैं मेरे कदम।
सिर्फ आपकी इनायत चाहिए।

आदिला : खुदा मेहरबान सब पर रहमत की नज़र किये है।

हमीद : सुना है, नाना साहेब ने जर पाजेब इनाम में दिया है हमें।

आदिला : मैं कनीज किस काबिल हूँ। बहरहाल लीजिए...कुबूल कीजिए। **(जाती है।)**

रौशनी : तुमने उन्हें कहाँ को...

हमीद : खामोश रहो, मरना चाहती हो क्या ?

रौशनी : सिक्के भी ले लिये।

हमीद : देख रहा हूँ असली ज़र है या सिर्फ पानी का मुलम्मा।

रौशनी : नाना साहब की मुहर है। जैसा भी है मुझे दे दो।

हमीद : उनकी कोई वकत नहीं...दुकानदार माल नहीं दे रहे...अंग्रेजी सिक्का क्या...पेशवा का क्या...सब खोटे हैं इस वक्त।

रौशनी : चन्द रोज़ की बात है, और फिर ये सिक्का शहंशाह बन जायेगा...

हमीद : तब की तब...सिपाही से तबील लम्बी है सिक्कों की

जिन्दगी...उन्हीं का वजूद–दोनों में से एक का...पर कौन जीयेगा है फैसला होने तक ?

जुबैदा : रौशनी, रौशनी...

रौशनी : लगता है...आज नहीं जा पाओगे।

हमीद : आज ही जाना होगा वरना मुमकिन नहीं।

रोशनी : पर रास्ता...।

(हमीद उसे ले जाता है।)

हमीद : मैं बता रहा हूँ ना, फिर डर किस बात का।

(लड़ाई का शोर बढ़ता है। जुबैदा एक ओर बैठ जाती है।)

जुबैदा : ...सोचा था एक खूबसूरत ख़ातून का दरवाज़ा है। हफ्ते-दो हफ्ते टिकने में क्या हर्ज है। महफूज़ रहूँगी, लेकिन वही सरताबी का मुकाम निकला–अंग्रेज किले से बाहर आये नहीं कि...इस मकान की एक ईंट नहीं छोड़ेंगे। **(लड़ाई का शोर बढ़ता है।)** सुबहोशाम यही शोर...कौन जानता था लड़ाई को इतने करीब से देखना पड़ जायेगा ? वह देखो इसी तरफ बढ़ते आ रहे हैं...शायद एक गोरा है और एक सिपाही...गोरे के हाथ में पिस्तौल है, लेकिन सिपाही के शमशीर ने उसे दूर पटक दिया...या खुदा...रहम कर...रज़्मगाह के बीचोबीच खड़ी हूँ खामोश। यहाँ होना महज़ इत्तिफाक है या मेरी तक़दीर...सिपाही गोरे को धकेलकर...अब उसकी शमशीर, धूल में चमकती...गोरा फिर उठ खड़ा हुआ...हाथ फैला रहा है...सिपाही शमशीर घुमाता जा रहा है...व घुमाता जा रहा है...गोरे की गरदन पर रुकी...वह सिर से अलग हुआ... लुढ़का...सिपाही झुककर देख रहा है–छू रहा है उसे। उठ खड़ा हुआ–नहीं, अज़ीज़ुन नहीं है। उसका हम शक्ल कोई. ..कैसे देखते-देखते हो गया सब ? मौत यूँ ही आ जायेगी यहाँ। वही खींच लाई इस शहर की जानिब ? **(अज़ीज़ुन आती है।)**

अज़ीज़ुन : जुबैदा तुमने देखा...नहीं न...मैंने...हाँ मैंने...सचमुच।

जुबैदा : तो तुम ही थीं...पहचान लिया था...।

अज़ीज़ुन : लेकिन यकीन नहीं हुआ...मुझे भी नहीं...जब तक पास से नहीं देखा सिर और जिस्म...दिल और दिमाग अलग-अलग ...लम्हे भर फड़फड़ाता रहा...वह सुर्ख आबशार। फिर रुक गया। मैं भी सहम गई—गोरी खाल भी सर्द पड़ जाती है, जैसे-जैसे लहू के कतरे स्याह हो जाते हैं...

जुबैदा : बस करो अज़ीज़ुन सुना नहीं जाता।

अज़ीज़ुन : मैं सरतापा जंग में हूँ।

जुबैदा : मरने के लिए, मारने के लिए।

अज़ीज़ुन : मारे बिना मौत कहाँ। किले के पास जाकर देखो वे सिर ज़िस्म से बिखरे पड़े हैं, किसकी बाँह किसके पाँव पर। नहीं मालूम ...खुले जख़्म...मिट्टी में मिलता काला लहू...।

जुबैदा : मैं नहीं जानना चाहती।

अज़ीज़ुन : फिर जाओ गुदड़ी में छिप जाओ, लेकिन साँस में जो हवा ले रही हो वह उसी मुक्तल से गुजरकर आई है।

जुबैदा : मुझे डर लग रहा है अज़ीजुन तुमसे...तुम्हें इस तरह देखकर...

अज़ीज़ुन : लगना भी चाहिए। जो ख़ौफज़दा थे खौफनाक हो रहे हैं।

जुबैदा : आहिस्ता अज़ीज़ुन—कहीं अपने जोश से गिर न जाओ...तुम्हें खुद से डर नहीं लग रहा...?

अज़ीज़ुन : लग रहा है...बहुत...सच जुबैदा...मैंने कत्ल किया...मैं उसे जानती नहीं थी। मन में न अदावत थी, न गुस्सा...सिर्फ मकसदे कामिल था...।

जुबैदा : ये और हौलनाक है।

अज़ीज़ुन : लेकिन क्या तुमने गौर नहीं किया हमारे अपने कितने जख़्मी हुए हैं ?

जुबैदा : वह भी देखा।

अज़ीज़ुन : जानती हो, सवार किले के बहुत करीब है बारूद के एकदम बीच।

जुबैदा : हाँ मालूम है...लेकिन मैं और नहीं जानना चाहती...मुझसे बरदाश्त नहीं होता...जाऊँगी अब...कहीं भी।

अज़ीज़ुन : नहीं जुबैदा—तुम नहीं जाओगी, नहीं जा सकतीं।

जुबैदा : यहाँ नहीं रहूँगी।

अज़ीज़ुन : लेकिन...सुनो...मैं यहाँ...।

जुबैदा : मुझे छुओ मत अज़ीज़ुन मुझे डर लगता है।

अज़ीज़ुन : तुम्हें कुछ नहीं होगा जुबैदा यकीन करो, मैं कभी तुम्हें नुकसान नहीं पहुँचने दूँगी। यह मकान महफूज है हाँ...बेरौनक है...माकूल है...पर आबाद है तुमसे।

जुबैदा : वह तुम ही थीं जिसने मुझे अपने दर पर सोया हुआ पाकर पनाह दी थी बिना एक सवाल किए...

अज़ीज़ुन : वह बेमुरव्वत नहीं है। सिर्फ सीना कस लिया है। किसी मर्द से कम मजबूत नहीं।

जुबैदा : अगर मर्द ही बनना था तो तुम्हारी क्या जरूरत थी, मर्द पहले ही मौजूद थे।

अज़ीज़ुन : उनमें मैं नहीं थी, अब हूँ।

जुबैदा : मेरे पास मत आओ—तुम नापाक हो...

अज़ीज़ुन : हमेशा थी फिर तुम्हारा खाबिन्द भी सिपाही था।

जुबैदा : उसे भूल चुकी हूँ, न मिलने की उम्मीद है, न खोने का फिक्र। अगर उसे भी ऐसा ही बनना था तो उसका न होना बेहतर है।

अज़ीज़ुन : सदाएवक्त यही है कि तुम भी शमशीर वक्त हो; उसमें आ मिलो। जब फ़तह और शिकस्त जिन्दगी और मौत तय करते हैं तब वही एक रास्ता है।

जुबैदा : मैं रोज इबादत करती हूँ। खुदा यह जानता है।

अज़ीज़ुन : इबादत दरवाज़े बन्द करके।

जुबैदा : तुम्हारे लिए दुआ करती हूँ।

अज़ीज़ुन : बहुत खूब।

जुबैदा : जानती नहीं अज़ीज़ुन अगर शिकस्त हुई...तो तुम्हारा क्या अंजाम होगा, किस बेरहमी से तुम्हारे साथ सलूक किया जायेगा।

अज़ीज़ुन : तुम तसव्वुर कर सकती हो वह दिन जब कोई गोरा चेहरा यहाँ नहीं होगा। हिकारत भरी निगाहें नहीं...जिनके आने से इस जमीं पर बेगानगी फैल गई, वह नहीं रहेंगे।

जुबैदा : सिर्फ ख्वाब है।

अज़ीज़ुन : कितनी राहत और सुकून भरा।

जुबैदा : हाँ तब मैं अपने घर जा सकूँगी। अपने खेतों को देखूँगी—बंजर बिरान...बियाबाँ...गर्म लू उसे छीलती जा रही है। पर फिर मौसमेबहाराँ आयेगा उसे नहलायेगा। शिगाफज़द ज़मीन को मरहम देगा और मुझे शिफा।

अज़ीज़ुन : मौसमेबहार भी आयेगा, पर अभी वक्त है...उसके आने में ...तब तक यहीं रहो जुबैदा।

जुबैदा : वायदा करो—मेरी वापसी का इंतजाम जल्दी करोगी।

भाग-7

(बाज़ार का वही हिस्सा। अब बीचोबीच परचम लहराया जा रहा है। संगीत। मोहम्मद अली, शम्सुद्दीन, सरवर, अज़ीज़ुन और चन्द लोग)

मो. अली : हमारी ख़ैरियत और खुशहाली का यह परचम कानपुर शहर के लिए राहत और सुकून का पैगाम है। हमारी हसरतों, कामरानी और कामयाबी को बुलन्द करता है यह सज़दागाह एक नयी इब्तिदा को मुतमईन करता है। **(फरमान खोलता है)** पेशवा नाना साहेब मोहतराम धोन्दू पन्त राव के मुबारक अहकाम से ऐलान किया जाता है कि इलाके से अंग्रेजी हुकूमत का खात्मा किया जा चुका है। खुदा के रहमोकरम से इस पाक ज़मीन पर उनका नामोनिशान नहीं रहा। चन्द नुमाइन्दे बीवीघर में कैद हैं। अदना-ओ-आला को मुतमईन किया जाता है कि पेशवा साहेब की हुकूमत में यहाँ अमनोचैन की बरकरार होगी। अदलिया कचहरी डाक सभी दफातिर और दीगर इरादों के मुलाजिम अपने महकमों में हाजिरी दें। आवाम की सहूलियत को नज़र में रखते हुए बाज़ार में ख़रीद-फरोख्त जारी रहेगा।) सभी वाशिन्दों को आगाह किया जाता है कि किसी अंग्रेज की इमदाद करना या उनके मददगार को पनाह देना जुर्म माना जाएगा और मुज़रिम सज़ाए-सख़्त का हकदार होगा।

(फ़रमान बन्द करता है)

(तभी रास्ते पर ढोल बाजे सुनाई पड़ते हैं। गाते हुए

नचैया और नर्तकियों का प्रवेश)
अब कहाँ है जोन कम्पनी, हे कम्पनी,
अब कहाँ है जोन कम्पनी, हे कम्पनी, जोन कम्पनी
(मंच पर फैल जाते हैं और माहौल बदल जाता है।)
सौ साल हुए और बीते
रहते अंग्रेजों के नीचे
आई बदले की बेला
जम के सिपाही खेला
उनका नमक न खाया
साया दूर भगाया
अरे कहाँ है जोन कम्पनी। हे कम्पनी।

नचैया : **(गिलिस की पल्टन का सूबेदार बन)** वाह—अज़ीज़ुन वाह!

अज़ीज़ुन : अज़ीज़ुन ?

नचैया : वजीरन। वाह वजीरन वाह—देख बदला है जहां।
अब क्या कहना है तेरा ?

नर्तकी : जो फर्ज है मेरा।
बना रंग का घेरा। लगा सिपाही का फेरा। **(नर्तकी घुँघरू बजाते हुए लगती है।)**

नर्तकी-2 : कप्तान की तू माशूका
वह दिन ढल चुका
आये सूबेदार साहब
उनको करना तू आदाब।

नचैया : हूँ मैं यहाँ का सूबेदार—रखूँ सबको खबरदार।

नर्तकी : राजा सिपहिया की मैं दुलहनियाँ,
आम की बगिया में कोयलिया
राजा सिपहिया।

नर्तकी-2 : टोपी वाले थे पाजी
उनसे रुसवा पंडित-काजी
खाकर खाना भरते जाम
क्लब में होता उनका डांस
दफ्तर देखें तो चपरासी

खुली नींद खासम-खासी
दौड़े आये दास ओ दासी
हुए कप्तान खरम-खलासी...हो।
जो कम्पनी।
अब कहाँ है जोन कम्पनी, हे कम्पनी।

नर्तकी : राजा सिपहिया की मैं दुलहनियाँ **(नाचते हुए सभी पुरुषों का चक्कर लगाती है। शम्सुद्दीन उसे सोने की मोहर देता है।)**

अज़ीज़ुन : न आवाज़, न अदा। सुर-ताल भी डाँवाँडोल।

शम्सुद्दीन : मुझे क्या पता ? अभी-अभी अबरे बारूद से उतरा हूँ। शहर के हंगामे मुब्तला रहा कितने दिन।

अज़ीज़ुन : ओ मगरिब से मश्रिक तक हौसिल हुए इस जहां को सलाम करने चले।

मो. अली : शम्सुद्दीन अभी जंग खत्म नहीं हुआ है।

शम्सुद्दीन : मालूम है, उसी की तैयारी में हम मशरूफ हैं। दिलोदिमाग तरोताजा हो गया होगा, फिर आज़माना किस फुरती से अर्जगाह में हाजिर होता हूँ। **(जाते हैं। घोड़े की टाप)** **(एक ओर से रौशनी और हमीद आते हैं।)**

रौशनी : कहाँ गए लखनऊ से आने वाले लश्कर ?

हमीद : आयेंगे।

सरवर : नाना साहब नहीं आये।

आदिला : वे मशरूफ हैं।

सरवर : वे कहीं दिखते नहीं। सती चौरा पर भी नहीं थे।

हुसैनी : हर जगह उनकी मौजूदगी जरूरी नहीं—नुमाइंदे काफी हैं।

आदिला : उनका काम था शिकस्ता अंग्रेजी अफसर व्हिलिट से अपनी शर्तों पर करार पर दस्तख़त करवाना। यह उन्होंने किया। इसी के तहत तो उन्हें कानपुर छोड़ना पड़ा और उनकी वापसी की खातिर इलाहाबाद तक बन्दोबस्त किया गया।

सरवर : जो सती चौरा पर ही तमाम हो गया।

हुसैनी : शुरुआत दुश्मनों ने की थी ?

सरवर : पता नहीं...अंग्रेज दूर थे...किश्तियों में बैठ चुके थे। टीका

सिंह, तात्या टोपे, मंदिर के पास की सीढ़ियों पर थे... देखते-देखते गोलाबारी शुरू हो गयी...बस स्याह बादल बनते और गंगा सुर्ख हो जाती। गोया कोई आसमानी ताकत इस फैसले को शक्ल दे रही हो। हम देखते रह गए। मेरी शमशीर को जैसे जंग लग गया हो। इसका वजूद ही नहीं रहा...नाना साहब को ढूँढ़ रहा था कि कहीं इस अपने सिपाही का भी अरमान है। सिर्फ बारूद की करामात से उसके जी को चैन नहीं मिलता।

आदिला : नाना साहब वहाँ होते तो इस खून-खराबे की इज़ाजत नहीं देते—जो हुआ उसका उन्हें बेहद अफसोस हुआ।

सरवर : उनकी मरजी तो रही होगी बेगम। क्योंकि उसके बिना इस चौक पर उनका परचम कैसे होता...?

हुसैनी : इसे होना ही था।

आदिला : जो हो गया, उसे बदला नहीं जा सकता। आइंदा उनकी हिफ़ाजत हो इसलिए जो अंग्रेज बच गए, ज्यादातर औरत और बच्चे ही हैं, उन्हें हुसैनी बी के इख्तियार में रखा गया है।

हुसैनी : वहाँ भी खुदाई ताकतों की मेहरबानी है कि उनकी सेहत अपनी रंगत खो चुकी है। हमारे कुछ किए बिना ही उनकी गिनती कम होती जा रही है। **(जाती है।)**

सरवर : कुछ किए बिना ही। **(जाता है।)**

रौशनी : तुम्हारी खबर थी कि चल पड़े हैं।

हमीद : रास्ते मैं हैं।

रौशनी : रंगीन लिबास पहने सब घूम रहे हैं और हमारी आपा को देखा सियासत में उनकी पूछ है, अब चाहूँ तो लम्हे भर में माफीनामा ले आऊँ।

हमीद : जाओ मैं नहीं रोकता, लेकिन जब अंग्रेज आयेंगे तुम्हारा राज खोल दूँगा। तुम अज़ीज़ुन के साथ रहती आई हो जो इस सरपरस्ती में शामिल है।

रौशनी : तुम डराते आये हो मुझे, लेकिन वह गैर नहीं है और अपनों के लिए सजाएमौत मिले तो ग़म नहीं।

हमीद : वह जानती भी नहीं थी कि उनकी हमदर्द यहाँ बैठी है तुम पर शक करेगी।

रौशनी : नाराज होंगी, डरेंगी भी, लेकिन बेहाल देखकर मोम हो जायेंगी, हर खता भुला देंगी।

हमीद : और चन्द रोज बाद मेरे पास आओगी, पर मैं एक ख़ता नहीं भुलाऊँगा।

रौशनी : उसकी नौबत नहीं आएगी। इसी वक्त जाऊँगी और तुम्हारा दस्तावेज खोल दूँगी। तुम ऐसे सिपाही हो जिसने बगावत में हिस्सा नहीं लिया। और हुकूमत का साथ दिया उनके लिए पैगाम रसायी की। एक मुजरिम।

हमीद : सही फरमा रही हो। मेरा मशिवरा है कि आपा के पास जाओ और तफसील से समझाओ।

रौशनी : कहूँगी कि एक नामुराद शख्स ने मुझे सच से महरूम रखा।

हमीद : और यह भी कि वह अहमक है, अब्लक है, नामर्दुम और नामाकूल है।

रौशनी : सब कहूँगी और ज्यादा भी।

हमीद : कहना कि उसने तुम्हें बरगलाया, गलत राह दिखाई। सितम-पे-सितम किये और तुम बरदाश्त करती गईं क्योंकि वह मुहब्बत का मारा तुम्हारा दामन छोड़ने को राजी न था।

रौशनी : यह नहीं कहूँगी, सच नहीं है।

हमीद : कोई बात नहीं, लेकिन ज़ज्बात की चाशनी घोलकर मुझे उनकी इनायत का हिस्सेदार बना सकती हो।

रौशनी : यह नामुमकिन है।

हमीद : गरमागर्मी छोड़कर रौशनी मेरे साथ एक सौदा तय करो, फिलहाल तुम मेरी हिफ़ाजत का इंतजाम करने के काबिल हो। कम्पनी सरकार की वापसी पर सूरते हाल बदल जायेंगे। तब मैं तुम्हारी सिफारिश करूँगा और तुम्हारा बाल भी बाँका नहीं होगा, है मंजूर ? **(रौशनी को अच्छा नहीं लगता।)** तुम जीना नहीं चाहतीं—इतने ख़्वाब जो तसव्वुर में हैं—वह मकान जो हमने लिया है...बोलो है मंजूर ?

रौशनी : ठीक है कोशिश करूँगी। **(अज़ीज़ुन के लौटने की आवाज़।**

जुबैदा घर से निकल आती है।)

हमीद : मैं दीवार के दूसरी तरफ इंतजार करूँगा। **(जाता है। रौशनी घबरा जाती है, अज़ीज़ुन आती है। रौशनी परचम के पीछे चली जाती है।)**

(अज़ीज़ुन हँसती हुई आती है।)

अज़ीज़ुन : जंग न होती तो हम और दूर निकल जाते। सरकती हुई परछाइयों के साथ-साथ बे-मंजिल सफर पर। **(बाल खोलती हुई।)** धूप आज भी थी, पर मखमली तपिश नहीं थी...गुलपोश चमनजार गोया, मौसमेबहार आई हो।

जुबैदा : फतह का रंग था या मोहब्बत का ?

अज़ीज़ुन : दोनों। खुशकिस्मत हूँ आज का दिन दामन में आसमान है। हाथ में जहां है।

जुबैदा : मैं घर जा सकती हूँ अब ?

अज़ीज़ुन : रुकोगी नहीं ?

जुबैदा : फिर देर न हो जाए।

अज़ीज़ुन : जल्दबाजी ठीक नहीं जुबैदा। ये इंतजार की रात है, फ़तह के बाद भी किस इत्मीनान से सोया है शहर। शबेतार है, लेकिन हजारों तारों में दरफ़्शों फलक। और हर एक से निसार शबनम इस ज़मीन के लिए मरहम है। कितनी राहत है इसके जर्रे-जर्रे में—साकिए अजल के सरबशह हम फिर से उसकी रहनुमाई के हकदार हुए। **(गुनगुनाती है)**—रात जागी-जागी अँखियाँ, सब की सखियाँ...अँखिया, भोर हुई न...न...न...। **(अटक जाती है। बोलकर।)** रात की जागी-जागी अँखिया सब की सखियाँ...भोर हुई...भोर...? करे न...नहीं...क्या था जुबैदा...?

जुबैदा : भोई हुई...न करे...बतियाँ...।

अज़ीज़ुन : हाँ...**(गाकर)** न कर...नहीं—नहीं यह नहीं था। क्या याद नहीं आ रहा ? मुद्दत हो गई गुनगुनाए...लेकिन क्या उसे भूला भी जा सकता है...जो अपना हो...खुद से बना हो...सब की सखियाँ...अँखिया...यही कुछ गलत है...ऐसे नहीं था... **(उठकर किताब खोलती है।)** कित़नी गर्द जम गई है इस

पर...(**पोंछकर खोलती है।**) नहीं इसमें नहीं...इसमें...? नहीं...कहीं नहीं...शायद लिखी नहीं...रौशनी को याद हो, ना मालूम वो कहाँ है...मुझे क्यों भूल रहा है, कुछ-न-कुछ याद होगा जरूर वह सब मेरा था। मेरे दामन में था, फिसल गया कहीं। अमानत...खो गई। नदी...वह मेरी है। मैंने जब्ज़ किया था उसे। वह अज़ीज़ुन मैं ही तो हूँ। (**आहट...**) कौन...कौन है वहाँ ? जुबैदा कोई गुज़र रहा है।

जुबैदा : तुम्हारा वहमोगुमान है।

अज़ीज़ुन : नहीं, है कोई।

जुबैदा : कोई घर वापस आ रहा होगा। इस किताब में देखो, कहीं इसमें लिखा हो।

अज़ीज़ुन : है ? हाँ। (**पन्ने पलटती है—पर ध्यान बाहर है।**) लिखा था कहीं—पर कोई आ रहा है—मैं सुन सकती हूँ—बहुत करीब है। (**बाहर देखती है।**)

जुबैदा : बाहर ही देखती रहोगी तो अन्दर को नज़र कब मिलेगी।

अज़ीज़ुन : ये जरूरी नहीं है जुबैदा...जंग अभी खत्म नहीं हुई है...कहीं भी कुछ हो सकता है—कोई भी आ सकता है...।

जुबैदा : इतने दरीचे खोल लोगी तो सफ़े-सफ़ाहात उड़ जायेंगे। या धूल से हर्फ मिट जायेंगे हवा के सामने बे ताकत हैं। इसीलिए सँभालकर रखना चाहिए। (**अज़ीज़ुन चुप**)

अज़ीज़ुन : पर कोई आ रहा है मैं साफ सुन सकती हूँ...इसका तजुर्बा हो गया है मुझे (**पालकी उठाए लोगों का प्रवेश**) देखा, रुको। कौन है इसमें ?

पालकीवाला : चिरगाँव के साहिब जाग़ीर की दुलहिन है हुजूर।

अज़ीज़ुन : दिखाओ।

पालकीवाला : साहब हमका मना किये रहे।

अज़ीज़ुन : मैंने कहा—दिखाओ, परदा हटाओ (**आगे बढ़ती है।**) (**पालकीवाले उसे नीचे रखते हैं**) कौन हैं इसमें...

पालकीवाला : हूँ हम नहीं जानत सरकार। (**पालकी रख भागते हैं। अज़ीज़ुन परदा हटाती है। अन्दर एलाइज़ा है। माथे पर जेवर।**)

अज़ीजुन : ओ एलाइज़ा तुम-माथे का जेवर मिल गया आखिर।

एलाइज़ा : और तुम्हारा...**(अलीखान आकर खड़ा हो जाता है चुपचाप)**

अज़ीजुन : हैं कहीं पर...**(पालकीवालों से)** तो ये हैं तुम्हारे साहिब जागीर की दुलहन ?

पालकीवाला : हम कुछ भी नहीं जानते मालिक...।

अज़ीजुन : तो जाओ यहाँ से क्योंकि मेम साहब यहाँ से नहीं जा पायेंगी। बाकी अंग्रेजों से मिलोगी। **(एलाइज़ा चुप)** बीवीघर में हैं, जिंदा और सलामत।

अलीखान : वह कहीं नहीं जायेगी।

अज़ीजुन : क्यों ?

अलीखान : क्योंकि मैं उसका खाबिन्द हूँ।

अज़ीजुन : **(मुड़कर)** ओ...अलीखान तुम। हमने सुना था नेपाल की जानिब गये हो।

अलीखान : वहाँ उस इलाके से अच्छी तरह वाकिफ हूँ। कहीं भी जा सकता हूँ।

अज़ीजुन : लेकिन इसके साथ नहीं।

अलखान : उसने कलमा पढ़ा है। निकाह किया है; वह मेरी है।

अज़ीजुन : वह जोन व्हिलीट की बेटी है।

अलीखान : थी। अब नहीं।

अज़ीजुन : मानी नहीं बदलता।

अलीखान : शख़्सियत बदलती है। तुम जानती हो अज़ीजुन।

अज़ीजुन : तुमने हमसे गद्दारी की है।

अलीखान : पहले हक–मराठों ने भी यही कहा था। शायद मैं आदतन बागी हूँ यही मेरी सियासत है। जो हुकूमत में आता है, मैं उसका रकीब हो जाता हूँ।

अज़ीजुन : लेकिन अपने ही लोगों के साथ...

अलीखान : कौन अपना ? जिसके लिए मैं कल तक अजनबी था और जिनका मैं हमसपाल, हम-मसलुक था। वही मेरे लहू के प्यासे हैं।

अज़ीजुन : क्योंकि तुमने एक अंग्रेज की मदद की है। उसे नाना साहेब

के हवाले कर दो।

अलीखान : वह मेरी है, मैं उसे चाहता हूँ। अगर यह बगावत है तो यह मुझे मंजूर है।

अज़ीज़ुन : तुम किस तरफ हो ?

अलीखान : अपनी।

अज़ीज़ुन : तुम बे-दीन हो।

अलीखान : इसका फैसला खुदा पर छोड़ता हूँ। फिलहाल अपने मुकद्दर को आजमा रहा हूँ। बागी के खिताब से मुझे फर्क नहीं पड़ा था। मैंने वही किया था जिसकी मेरे ज़मीर ने इज़ाजत दी थी और वह ज़मीर आज मेरे साथ है।

अज़ीज़ुन : वक्त बदल गया है। नये उसूलों के मुताबिक तुमने जुर्म किया है।

अलीखान : इस नये वक्त से मैं ज्यादा नया हूँ। शायद इसलिए लड़ने की कुव्वत है मुझमें।

अज़ीज़ुन : तुम यही चाहते हो ?

अलीखान : रास्ते भर लड़ता आया हूँ दोस्तों से। अगर मज़ीद इम्तिहान बाकी है तो मेरी शमशीर तैयार है।

एलाइज़ा : रहने दो अली। कितना लड़ोगे आखिर ?

अलीखान : तुम बीच में मत बोलो। यह मेरी लड़ाई है। **(अज़ीज़ुन और अली लड़ते हैं। जुबैदा एलाइज़ा के पास आती है।)**

जुबैदा : उसकी दुलहन हो ?

एलाइज़ा : हाँ।

जुबैदा : मोहब्बत हो गयी ?

एलाइज़ा : पता नहीं। लेकिन उसने मेरी जान बचाई है। गंगा में सब बह गए। अम्मा-अब्बा—कोई नहीं रहा।

जुबैदा : अल्लाह तुम्हें सब्र दे। और मसर्रतों भरी तबील उम्र दे।

एलाइज़ा : कैसे करूँगी, नहीं जानती।

जुबैदा : बस—यह जंग खत्म हो जाये। आगे खैरियत है।

एलाइज़ा : अली यही कहता है। **(अली अज़ीज़ुन को हरा देता है।)**

अलीखान : मैंने हारना नहीं सीखा है। तुम एक खातून हो। इसलिए और नहीं लड़ूँगा। उठो और अपनी शमशीर ले लो। **(मुड़ता है।**

जुबैदा एलाइज़ा को चूड़ी पहनाती है।)

जुबैदा : माथे पर ठीक है...लेकिन कलाई में भी कुछ-न-कुछ चाहिए।

एलाइज़ा : तुम्हें भी...

जुबैदा : मुझे जरूरत नहीं रही...

अलीखान : चलो एलाइज़ा। उससे पहले कि हमें फिर घेरा जाये—शहर से दूर चले जाना चाहिए। **(जुबैदा से)** जिन्दा रहे तो मुलाकात होगी, इंशा-अल्लाह।

जुबैदा : फ़ी अमान-उल्लाह। **(वे जाते हैं।)**

अज़ीज़ुन : चले गये...सरहद पर रोक लिये जायेंगे।

जुबैदा : जाने दो उन्हें।

अज़ीज़ुन : वैसे तुम्हें जंग से वास्ता नहीं और...

जुबैदा : मोहब्बत से है। तुम्हें भी...

अज़ीज़ुन : उसने मेरी तौहीन की।

जुबैदा : जिन्दगी भी दी।

अज़ीज़ुन : माँगी नहीं थी।

जुबैदा : उसकी मरजी थी।

अज़ीज़ुन : क्योंकि मैं एक ख़ातून हूँ। उसने मुझ पर रहम किया।

जुबैदा : चला गया है। इसलिए बोल पा रही हो।

अज़ीज़ुन : क्या कमी रही मेरी हिस्सेदारी में कि उसे यह कहना पड़ा। सोचा था कि हर सिपाही के बराबर हूँ शानो-शाना चली हूँ, पर कहीं कोई कोताही रही तो...

जुबैदा : तुम—तुम हो अज़ीज़ुन। कोई और नहीं बन सकती।

अज़ीज़ुन : इसके पीछे एक ओर मैं हूँ तो इसे चाक कर सामने आना चाहती हूँ।

जुबैदा : और मौजूदा मैं के आगे एक मैं और थी जिसे तुमने फेंक दिया।

अज़ीज़ुन : हाँ। जो सोचा है उसी को मुकम्मल करना है। मैं महज़ एक खातून नहीं हूँ। उसे चाहिए था कि मुझे एक सिपाही की तरह रखता। लड़ता-मारता। मरने से नहीं घबराती, पर नहीं, उसकी नज़र में रही—महज़ खातून, जिसकी जान लेने से वह छोटा हो जाता। कायर महसूस करता—उसके बराबर आने के लिए

और बाकी है—और मजबूत और सख्त है कि खुद किसी को एहसास न हो कि महज़ खातून से मुखातिब है। उस पर रहम करने की जरूरत न हो। **(रौशनी आती है।)**

रौशनी : आपा

जुबैदा : रौशनी...

अज़ीज़ुन : क्यों आईं...?

रौशनी : मैं आपसे...बात ये है।

जुबैदा : तुझे याद है रौशनी...अज़ीज़ुन गाया करती थी...रात की जागी, कभी अँखियाँ...भोर...भोर कुछ था न...भोर पर अटक रहा है...।

रौशनी : आगे...इसके आगे...।

अज़ीज़ुन : कोई बात नहीं। हसरत भी नहीं रही।

रौशनी : याद...हाँ...याद आ रहा है। **(भोर...भोर...गाती है पंक्ति याद है)**

जुबैदा : रौशनी को याद है अज़ीज़ुन उसे याद है।

अज़ीज़ुन : मैं भूलना चाहती हूँ, याद मत दिलाओ।

जुबैदा : शाख काटने से जड़ की तासीर खत्म नहीं होती। फिर—फिर वापस आयेगी।

(गानेवाली का प्रवेश। पीछे-पीछे सिपाही)

नर्तकी : राजा सिपहिया की मैं दुलहनियाँ...
आपकी बगिया में कोयलिया...

(अज़ीज़ुन उनकी ओर एक सोने की मोहर फेंकती है। नाच रुक जाता है।)

सिपाही : **(अज़ीज़ुन से)** क्या वाहियात पेशकश है तुम-सा कोई नहीं जानता यहाँ। अपने कद्रदानों पर फिर मेहरबान हो जाओ अज़ीज़ुन।

अज़ीज़ुन : मैं...? नहीं...ठीक से याद भी नहीं कुछ।

सिपाही : तुम्हारे पाँव थिरके तो कानपुर को मालूम हो कि फतह हुई है।

सिपाही : ऐसा जलवा दिखाओ कि ज़ख्मी हो जायें।

अज़ीज़ुन : आराम का वक्त है।

सिपाही : जंग में नहीं आराम। पर आराम से लगता है जंग। **(सब हँसते हैं।)**

सिपाही : नयनों पर खंजर चले और हमको कि कटरिया, तो जब जाकर होश आये।

अज़ीज़ुन : न ही अब कहीं बारूद और शमशीर की बात करो।

सिपाही : मकसद पूरा हो गया ना। बस और क्या...उतारो बख़्तर; उठा लो घुँघरू...झनन-झनन हो जाये...

अज़ीज़ुन : मैं एक सिपाही हूँ बस और याद रखो सिपाही से कैसे पेश आया जाता है।

सिपाही : सात रुपए का सिपाही और लाखों की एक अज़ीज़ुन।

अज़ीज़ुन : मेरे मक़ान पर महफिल नहीं जमती। अब कहीं और जाओ किसी और से पूछो। ये रौशनी है। इसे याद भी है और मालूम भी...

रौशनी : नहीं-नहीं। मैं नहीं...।

अज़ीज़ुन : क्यों नहीं ? गोरों के लिए दिल-दस्तगी करना मंजूर था, फिर अब न कैसी। हमें भी करामात दिखाओ, पता चले, कितना गहरा है पानी।

सिपाही : नकद देंगे, नकद इनाम।

अज़ीज़ुन : हम भी साहिबे शौक हैं। अच्छा-बुरा पहचानते हैं और तुम वैसे ही खूबसूरत हो।

सिपाही : इसलिए नख़रा बरदाश्त कर रहे हैं वरना आज तो सिपाही जो चाहे उठा ले।

रौशनी : मैं तैयार नहीं हूँ, फरियाद करती हूँ कि...

सिपाही : लहरा दो चुनरिया, खोल दो जुल्फे पुरख़म।

रौशनी : ये जगह माकूल नहीं, वक्त...

अज़ीज़ुन : मुज़राई से हया नहीं खिलती। जंग से थके हारे सिपाही के लिए क्या तुम्हारे पास कुछ नहीं है। अपनी खैरियत के लिए ही सही हमें इंतजार न कराओ। हम भी देखें मुज़रा कैसे किया जाता है।

रौशनी : जी... **(धरती छूकर खड़ी होती है मानो शुरू करती है ...नया ढिंढोरची भागा आता है।)**

ढिंढोरची : आ गए...आ गए...लखनऊ की तरफ से गुब्बार के बादल इधर। इस जानिब ही उमड़ता आ रहा है। यकीनन वह अंग्रेजी फौज है जो पेड़ों के पीछे छिपती आ रही है।

सिपाही : यह मालूम ही था।

अज़ीज़ुन : अब...आखिरी फैसला होगा...**(सिपाही जाते हैं।)**

(रौशनी खुद को सँभालती है।)

रौशनी : तुम्हारा अपनापन भी खूब रहा आपा। शायद इसी काबिल हूँ मैं, लेकिन जो तुमने सिखला दिया वह सबक किसी दूसरे से लेना मुमकिन भी नहीं था। अब चाहे शहर बियाबाँ हो जाये, मेरा दर चिरागों से रौशन रहेगा—शहरे-खामोश में भी रंगे-हयात का मर्कज़ कायम रहेगा।

भाग-8

(लड़ाई का खाली मैदान, रात का समय। एक ओर ज़ख्मी शम्सुद्दीन)

शम्सुद्दीन : जिंदा हूँ। मौत महसूस हो रही है। आस-पास। ये रक्से-बिस्मिल तमाम चेहरे—जिन्हें रम्ज़गाह में लाने का जिम्मेदार मैं था। किसी को नहीं बचा सका...वे कितनी आसानी से गये...मैं देखता रहा...उनके जख्मों से सोजां—लेकिन सोख्तपाः उनका सोगवार बन रहा—इस गम को मेरे हिस्से में आना था—मैं मुस्तगाफिर सबके लिए फ़रियाद करता हूँ। खुदा खींच ले अपनी जानिब और इस रूह को आज़ाद कर। **(इधर- उधर घूमता हुआ सिपाही-2 शम्सुद्दीन को देख सकता है, उसकी तलवार कुछ पीछे होती है।)**

सिपाही : शम्सुद्दीन...तुम...? याद है मुझे सिपाहियों के शिकंजे से छुड़ाया था।

शम्सुद्दीन : हाँ,...मुद्दत हो गई...कहीं आस-पास पानी हो तो...भाई जरा पानी पिला दो।

सिपाही : दुश्मन के रू-ब-रू कमज़ोरी नहीं पेश की जाती, उससे कुछ माँगा भी नहीं जा सकता।

शम्सुद्दीन : दुश्मन कौन...?

सिपाही : भूल गए...भाग गया था...आइरिश रेजीमेंट में। वहाँ बगावत का सवाल नहीं उठा।

शम्सुद्दीन : दोनों तरफ एक-सा लिबास—एक-से परचम—एक-सा रंग।

सिपाही : पर लड़ाई, लड़ाई है।

शम्सुद्दीन : उन्होंने तुम्हें भेजा है...?

सिपाही : देखने कि कौन ज़िन्दा है—अपना है तो कैम्प तक ले जाने का बन्दोबस्त करूँ। ग़ैर है तो...

शम्सुद्दीन : खत्म करने का ?

सिपाही : मैं उनके हुकम का पाबन्द हूँ।

शम्सुद्दीन : और मैं भाग नहीं सकता।

सिपाही : तुम बागी क्यों हुए शम्सुद्दीन ? फ़ौजी ही रहते...।

शम्सुद्दीन : फ़ौजी हूँ...सिर्फ थोड़ा सा ज़ख्मी...।

सिपाही : तुम्हें कैदी नहीं बना सकता...हमारे पास रसद की कमी है।

शम्सुद्दीन : अल्लाह का शुक्र है।

सिपाही : मैं एहसान फरामोश नहीं हूँ शम्सुद्दीन...इसलिए मैं बागी नहीं हो सका। और इसलिए...तुमसे भी हार रहा हूँ। जल्दी वापस पहुँच जाना चाहिए...कहीं उन्हें शक न हो जाये कि यहाँ कोई है।

शम्सुद्दीन : तुम्हारा दोस्त...बिरादर...रिश्तेदार...है कोई...?

सिपाही : है। पहचान रहा हूँ ?

शम्सुद्दीन : वे यूँ ही जायेंगे—बगैर कफ़न ?

सिपाही : यही बेहतर है, वरना मज़हब के खिलाफ रस्म अदायगी का हुक्म है।

शम्सुद्दीन : हमारी तरफ से कोई दिखे तो कहना कि...

सिपाही : नहीं कह सकूँगा। उनके दिखते ही मारने का हुक्म है। इसलिए यहाँ कोई आयेगा भी नहीं।

शम्सुद्दीन : तो जाओ...तुम्हारे लिए दुआ करूँगा।

सिपाही : मैं भी...तुम्हें दुआओं में याद रखूँगा...कम-से-कम इसकी इजाज़त मुझे है... **(जाता है।) (शम्सुद्दीन इधर-उधर देखता है।)**

शम्सुद्दीन : रात के बेताकत क़दम ज़िन्दगी में साँस भरने के लिए हैं या दर्द में इज़ाफा करने को...? पर मालूम नहीं तेरी निगाह में इताब है या रहमोकरम...बेगोरो कफ़न रुख्सत पा रहा हूँ—कैसा बदनसीब लम्हा था मेरी पैदाइश का। मैं और मेरे हमनशीं बदनसीब वक्त की नामुराद नस्ल हर जिस्म यहाँ

जख़्मी है। और हर ज़ख्म ने दुआ की है उसमें तेरी शफ्फ़कत भरी है। उसी से यह ज़मीं पाक हो जाये...यह मक़्तल मुकद्दसगाह बन जाये। **(अज़ीज़ुन आती है।)**

अज़ीज़ुन : सवार।

शम्सुद्दीन : आ गई ?

अज़ीज़ुन : पता चला वापस नहीं आये हो, मुझसे रहा नहीं गया। यह क्या हो गया सवार ? कैसे हो गया ?

शम्सुद्दीन : जो हो रहा है वही हुआ है।

अज़ीज़ुन : तुम्हें ले चलूँगी यहाँ से...साथ चलो...।

शम्सुद्दीन : और सिपाही नहीं आये ? अपने ज़ख़्मियों की तलाश में।

अज़ीज़ुन : आज की शिकस्त से घबराए हुए हैं—हौसला पस्त हो गया है।

शम्सुद्दीन : ज़रा सी शिकस्त बरदाश्त नहीं कर पाता सिपाही। अंग्रेजों को देखो हारकर भी किस रौब और रफ़्तार से वापस आये हैं कुछ है उनके इस तरह कसकर चलने में, खड़े होने में मगरूर हैं—हिकारत और हुक्मराना अंदाज में देखते हैं— धूप में उनकी चमड़ी सर्द और बेरहम लगती है। जिससे नज़र मिलाना मुश्किल हो जाता है। कुछ है जो कहता है—इनका हुक्म मानना चाहिए...पीछे चलना चाहिए जब वो मेरे सिपहसालार थे—पीछे ही चलता था—रू-ब-रू कभी नहीं—पीठ देखने की आदत है...चेहरा नहीं बरदाश्त होता। उन्हें देखते ही एक जुज कहता है हाँ हमने गुनाह किया है—मारो, सजा दो। उन पर एक बार हथियार चलाने से पहले दस बार अपने जज़्बात से लड़ना पड़ता है...उसे खामोश कर...फिर एक कदम बढ़ता है। वही किस फतह से कम है।

अज़ीज़ुन : शायद ये आखिरी जंग है।

शम्सुद्दीन : क्या मालूम। सती चौरा आख़िरी मुकाम लगा था...पर वो फिर आये...हो सकता है, इसके बाद भी...जिसे शिकस्त मिले—वह फिर क़ोशिश करे, फैसला बदलने की कोशिश ...शायद कोई भी जंग आख़िरी नहीं हो। शायद आखिरी सिरा होता ही नहीं—

अज़ीज़ुन : तुम्हें जीना है सवार आईंदा शिकरत के लिए।

शम्सुद्दीन : जंग चलेगी—हमारे बाद भी—हम इसके आखिरी निशान नहीं हैं।

अज़ीज़ुन : तुम्हें साथ ले चलूँगी। किसी को बुला लाऊँ।

शम्सुद्दीन : वे नहीं आये...तो मैं भी नहीं जाऊँगा। चन्द लम्हें और हैं शायद। और तुम मेरे पास हो...यहीं रहो जब तक...नहीं तुम जाओ अज़ीज़ुन कभी भी कोई आ जायेगा फ़तह पानेवाला घूम-घूमकर रम्ज़गाह पर आता है, पहरा देता है। हर लाश उसकी फ़तह का सुबूत है।

अज़ीज़ुन : तुम ज़िन्दा हो—ज़िन्दा रहोगे।

शम्सुद्दीन : जाओ अब।

अज़ीज़ुन : इस हाल में छोड़कर।

शम्सुद्दीन : रुकने नहीं दूँगा। मैं एक शिकस्त सिपाही की मौत पा रहा हूँ। कफ़न और कब्र का हक़दार नहीं रहा—ये सब भी नहीं जो मेरी जुबाँ के पाबन्द यहाँ आये थे। जो इन्हें नहीं मिल सकता—मेरे लिए भी मयस्सर नहीं।

अज़ीज़ुन : सवार।

शम्सुद्दीन : अब जाओ। यहाँ ख़तरा है—तुम दुरुस्त हो अपने मक़सद के लिए। साबित कदम हो। एक बेमसर्रफ़ जख़्मी के लिए क़ाबिल सिपाही की जान ज़ोख़िम में नहीं डाली जा सकती।

अज़ीज़ुन : कुछ भी कहो—मैं...

शम्सुद्दीन : मेरी शमशीर छीन ली गई है...तुम्हारे पास है...?

अज़ीज़ुन : हाँ।

शम्सुद्दीन : तो मुझे रिहा करो...

अज़ीज़ुन : नहीं। तुम्हें लेकर जाऊँगी।

शम्सुद्दीन : परीशाँ नहीं हूँ...इसी वक्त का मुन्तज़िर था।

अज़ीज़ुन : नहीं सवार मैं...मुझे जाने को मत कहो...देखो अभी रात है। जंग ठहर गई है।

शम्सुद्दीन : दिन भर की लू के बाद अब राहत है...देखो वह तारे...वह वसीह आसमान, यह महताब जिसकी कशिश साँसों को खींच रही है...कल की जंग मैं नहीं देख सकूँगा। पर जंग होगी

जरूर—मैं जानता हूँ। हमें लड़ना है अज़ीज़ुन और जीतना है याद रखना यह मनाज़िर अपनों से वायदा।

अज़ीज़ुन : मेरा हाथ पकड़ो सवार। तुम मेरे रहबर हो। पास बैठने दो। ये जुदाई बरदाश्त नहीं होगी।

शम्सुद्दीन : करोगी। सब करते हैं। कितनी बार इन्हीं पेड़ों के नीचे याद आये हैं—तुम्हारी जुल्फ़े पुरखम...रंगीनिए...तबस्सुम...नथनी में हिलता मोती...कहाँ है तुम्हारी पेशानी का नगीना...इन हाथों का रँगे होना ?

अज़ीज़ुन : कुछ नहीं रहा मेरे पास...ये हाथ अब तक हाथ नहीं रहे... लहू से सराबोर।

शम्सुद्दीन : मेरे हाथों में तो पहले से ही लहू की महक थी।

अज़ीज़ुन : उन्हीं से मैंने मोहब्बत की—इन्हीं की कशिश थी कि...

शम्सुद्दीन : तुम यहाँ तक चली आईं।

अज़ीज़ुन : मैंने देखा जो तुम देखते थे। किया था जो तुम करते थे, पर मैं डरती हूँ सवार सबकुछ इतनी तेजी से तबदील हो रहा है।

शम्सुद्दीन : और अब बदल रहा हूँ—इनसान से ख़ाक हो रहा हूँ। मत देखो। जाओ...अपने दरीचे से देखना...जब चन्द रोज बाद अब्ररवाँ बरस जायेगा मुझ पर...हम सब पर...ये ज़मीन शादाब हो जायेगी...या खुदा इन आँखों की टकटकी मेरी जान बाँधे जा रही है। तुम जाओ, ताकि मुझे निज़ात मिले।

अज़ीज़ुन : चली जाऊँगी...सुबह होने से पहले...।

शम्सुद्दीन : सिर्फ तुम हो मेरे और खुदा के दरम्यान। एक बार चूम लूँ तो ज़मीन पर उतर आऊँगा। **(अज़ीज़ुन हँसती है)** लेकिन अब इस काबिल नहीं रहा। जरा सा गुनगुना दो अज़ीज़ुन ...तो इस रूह को सुकून मिले...शोरोगुल से सराबोर...न हो तरन्नुम।

अज़ीज़ुन : कुछ और कहते सवार...मैं तुम्हें यहाँ से ले चलूँ। तिमारदारी करूँ...दुश्मन से तुम्हें महफूज रखूँ।

शम्सुद्दीन : वह इरादा छोड़ चुका। अब सिर्फ रुख़्सत का इंतजार है। बस एक बार—इन लबों से दरिया बह जाये तो समझूँगा खुदा मुझ पर मेहरबान है।

अज़ीज़ुन : यह मुश्किल है—अब—इतना हो जाने के बाद सवार।

शम्सुद्दीन : हलके से वादेसबा आ जाये...हलके से दरिया बह जाये...बस।

अज़ीज़ुन : कहाँ से क्या शुरू करूँ...जो भुला दिया है...खो गया है क्या मालूम था तुम उसे इतना चाहते हो...मैं सँभालकर रखती ...इस शोरोगुल में। **(गुनगुनाती है।) (शम्सुद्दीन की आँखें बंद हैं)** कैसे धीरे-धीरे पलकें मूँद लीं। सोचा था, रात भर जाग सकोगे। जंग का एक और दिन देख लोगे। या जान चुके थे कि कल भी शिकस्त के आसार हैं...तुम खुशनसीब हो कि जो उससे पहले ही चले गए।

चाँदनी के आगोश में हो वही मुहाफ़िज़ है। रह गया एक ख़्वाब तुम्हारा। एक तमन्ना, एक इशारा। तुम जो बेगोरो क़फन रुख्सत हो रहे हो जहां से।

तुम्हारी रूह को सुकून मिलेगा, उनकी शिकस्त से जिन्होंने तुम्हें अपने रस्मो-राह से जुदा किया, इस आखिरी इबादत से महरूम रखा।

नहीं, हम यह जंग नहीं हार सकते। फतह हमारी होगी। तुम्हारी याददाश्त को नियाज़।

भाग-9

(आदिला, हुसैनी, अज़ीज़ुन, जुबैदा और सिपाही)

मो. अली : अपने गाँव कैसे पहुँचा, नहीं जानता। लम्बी सबील पर फौज थी—अंग्रेजी फौज। सूनी पगडण्डियों से होता, दिन में छिपता, रात में घिसटता मैं उस मुकाम पर पहुँचा जो कभी गाँव था। चन्द काली दीवारें गवाह हैं कि वह आबाद था कभी। कोई था ही नहीं, सिर्फ मौसमे गर्मी की बेरहम लू और मैं। रात भर इसी खयाल में बैठा रहा कि सब न जाने कहाँ भाग गये। किस अफवाह की खातिर...सुबह के उजाले में मैंने देखा वे वहीं हैं। इर्द-गिर्द हर दरख्त की साख़ से लटके हुए। पाँच-दस-बीस सभी तो थे। जिसको देखो आदाब करता था जिनके चेहरे ताउम्र नकाब में रहे—जिनके हाथों से मोहब्बत नसीब हुई जिन बुजुर्गों की दुआओं ने हमारी हिफ़ाजत की वे सबके सब एक साथ बेजान। उन्होंने बगावत नहीं की थी—पर उनका रंग बाग़ी था, मिट्टी और फ़िज़ा बाग़ी थी ...दिन भर उन दरख़्तों के दरम्यान घूमता रहा—इस बात से बेख़बर कि अगर एक हिलता साया देख लिया गया तो वह भी टँग जायेगा, अगर किसी शाख पर गुंजाइश बची हुई हो तो...मैंने कुआँ देखा। पानी खींचा। वह सुर्ख था। उसके छीटे मुझ पर पड़े...तब मैं भागा...उस वीराने से जो मेरा मुस्तकबिल था। रात रेंगता रहा...सुबह धुआँ दिखाई दिया...मैं उस जानिब गया...फौज़ का एक दस्ता वहाँ मौजूद था। गाँव के लोग बरगद के नीचे थे—हाथ-पाँव बँधे...पीठ पर लहू के धब्बे। फौजियों

में मश्विरा हो रहा था कि देहातियों को आज किस तरीके से लटकाया जाये। वह भी धूप चढ़ने से पहले। एक साहिब बेहद खुश नज़र आया, उसने सक शख़्स के गले में रस्सी फेंककर अपनी तरफ खींचा...बग्घी मँगवाकर उस पर खड़ा किया...और रस्सी का सिरा पेड़ पर। बग्घी चली और ज्यों ही उसके पैर तले से सरकी उसकी गरदन का फंदा कस दिया। फौजी हँस पड़े और दूसरे की बारी आती गई। फिर वे उकता गये। तोप ले आये। एक जवान का सिर फटकर पेड़ों से ऊपर गया। और फिर मिट्टी पर गिरा...उनके लिए यह भी मज़ाक था फिर वे घोड़ों पर सवार होकर बन्दूक से अंधे निशाने दागते गये...चारों तरफ...हर तरफ...फिर पागल आँधी की तरह फैल गये। वह होश में नहीं थे। रात को मैं उस तरफ गया। मुझे डर नहीं लगा। सिर्फ वह ख़ामोशी बेचैन किये जा रही थी। कोई सुबक नहीं रहा था, कहीं एक सरगोशी नहीं...मैंने दरवाजों को खोला उस आहट से गोया दरख़्त काँप गये... मैं उनके माजी में दखलंदाजी-सा कर रहा था। फिर भी खोलकर देखा...शायद कहीं कोई...कुछ जिंदा दिख जाये। सोया कुत्ता जो यकायक भौंकने लगे। सहमी अबाबील जो कहीं से आ जाये...लेकिन नहीं इन आँखों से भी आबे-चश्म नहीं गिरा...मैं काले साये के नीचे सरकता हुआ यहाँ तक आ गया और फिर उनके जहरीले कदम साथ-साथ चले आये हैं।

अज़ीजुन : सब खोने टूटने के बाद वह फिर आ रहे हैं ? खुदा मेहरबान अपने बन्दों के साथ में यह नाइनसाफी कर नहीं सकता।

जुबैदा : या खुदा...जुहम के उस दौर से निज़ात दे...वक्त से नसीहत दे कि अब राहत की तरफ से रुख न बदले...।

सरवर : तुम सिर्फ देखते रहे...?

मो. अली : और क्या करता...सिपाहियों का दस्ता मुझे तन्हा छोड़कर मालूम नहीं किस तरफ चला गया।

आदिला : बुज़दिल सिपाही...नाना साहेब को उस पर भरोसा नहीं करना चाहिए था।

अज़ीजुन : उसने वही किया जो उसे कहा गया हर हुक्म की तामील की।

आदिला : जब से अंग्रेजों की वापसी की खबर मिली है—उनकी वफादारी का रंग नहीं बदल गया।

सरवर : उन्हें मुतमईन किया गया था कि शाह ईरान और तुर्की ने अंग्रेजी फौज को अपनी सरहद पार करने की इजाज़त नहीं दी। फिर वह यहाँ तक कैसे चले आये—दुगुनी ताकत और बेशुमार बारूद से लैस ?

मो. अली : तुम्हें नाना साहेब की ईमानदारी पर शक है ?

सरवर : मुझे तो खुदा पर भी शक है। उसके हर पैगाम ने हमें गुमराह किया। उसके नाम से जो फरमान सुनाये गये वह महज़ तुम्हारे तसव्वुर के अलफ़ाज़ थे जो नाकामयाब साबित हुये और हमारे इरादों को अपने हाथों में लेकर तुमने हमें बेताकत कर डाला। अंजाम यह कि वह आ रहे हैं और हम सिर्फ इंतजार कर सकते हैं।

अज़ीज़ुन : सरवर खुदा हमारे साथ है। हम हारे नहीं हैं; जंग जारी है।

सरवर : सिर्फ ज़मीर की तसल्ली के लिए या खुदकशी के गुनाह से बचने के लिए।

मो. अली : पूरी फ़ौज़ जहाँ कामयाब नहीं हो पा रही, तुम्हारा दावा है कि तुम अकेले।

सरवर : हमने तुम्हारा साथ दिया, लेकिन इसके बावजूद क्या तुम्हारी तैयारी में कोई कोताही नहीं रही ? ऐन वक़्त पर पुल टूटा क्यों नहीं ? सारी अंग्रेजी फ़ौज़ को इस जानिब आने दिया गया...

मो. अली : बारूद सीला था। उसने आग नहीं पकड़ी।

हुसैनी : यानी वे इतने करीब आ चुके हैं ? जल्दी ही सारे शहर में फैल जायेंगे। हर कूँचे में उनकी गश्त...हर चौराहे पर उनका जुमा...। इस परचम को चाककर यहीं दारोरसन खड़ा करेंगे और एक-एक कर हम सबको। सुन लूँगा पर यकीन नहीं कर पाऊँगा।

हुसैनी : इस परचम को चाककर यहीं दारोरसन खड़ा करेंगे और एक-एक करके...

जुबैदा : गंगा सुर्ख हुई थी—अब सलीब की बारी है।

आदिला : और तुम्हारी भी—खुद को मासूम समझती हो ?

जुबैदा : रास्ता कब खुलेगा ?

मो. अली : उनके यहाँ आने के बाद।

अज़ीज़ुन : जुबैदा...तुमसे वायदा था कि तुम्हारी वापसी का इंतजाम करूँगी...पर यह नहीं हो पाया और अब मेरा मकान महफूज़ नहीं है।

जुबैदा : तुम भी चलतीं अज़ीज़ुन।

जुबैदा : चली जाऊँगी, कहीं भी।

अज़ीज़ुन : उसे दरो-दीवार से दूर जो पनाह देने के नाकाबिल है।

आदिला : बेहद खुदगर्ज़ हो तुम। जब जरूरत थी चली आई और तख्त शह होते ही किनारे हो ली।

हुसैनी : तुमने कुछ सोचा जरूर है, मुझे बतलाओ।

आदिला : जाओ और बीवीघर सँभालो वहीं तुम्हारी जरूरत है।

हुसैनी : ताकि तुम अपने रास्ते पर निकल जाओ रंग-महल की रौनक। आदिला और बीवीघर को सूँघने के लिए हुसैनी सुअर।

आदिला : जो काम तुम्हें दिया गया है उसी को करो।

हुसैनी : वहाँ नहीं जाऊँगी। उन औरतों को बरदाश्त नहीं कर सकती।

आदिला : करना होगा, यह तुम्हारा मुकद्दर है।

जुबैदा : अब तुम उनके इख्तियार में हो।

हुसैनी : उनकी जर खरीद रही हूँ। उनके चेहरे देखते नहीं बनते होंठों पर तिरछी हँसी—आँखों में उम्मीद और चाल में रूआब—गोया इल्म हो गया हो कि रिहाई करीब है।

अज़ीज़ुन : फिर भी शिकस्त उन्हीं की होगी। यह तयशुदा है। फौज़ अभी आई नहीं है। शहर हमारे कब्जे में है। इस दरम्यान कुछ भी हो सकता है।

आदिला : इतने बड़े मुल्क की फौज उन्हें रिहा करने में नाकामयाब कैसे हो सकती है।

मो. अली : तेजी से बढ़ी आ रही है।

अज़ीज़ुन : आने दो उन्हें, भारी भरकम फौज चन्द बेसहारा औरतों और बच्चों की खातिर इस सरज़मी को रौंदती आ रही है। कितने बेसब्र होंगे इस फतह के लिए—जब उन्हें दरिंदों के कब्जे से

रिहा करेंगे—लिपटेंगे—चूमेंगे—आँख के आँसू पोंछकर मुतमईन करेंगे कि अब वह हिफ़ाजत से है। उन मगरूर चेहरों पर तसल्ली का तबस्सुम...नहीं वह इसके हकदार नहीं हैं नाकाबिल हैं जिनमें मुरव्वत नहीं उनके अपने जज़्बात भी क्यों हों...लाख कोशिश के बावजूद...कानपुर में उन्हें नाकामयाबी ही हासिल हो...उनके चैन और सुकून छिन जाये...सिर हमेशा के लिए मुल्क जाये जिस इरादे को लिए आ रहे हैं...पहुँचने पर वहीं मिस्सर हुआ मिले। तमाम हो जाये—ऐसी शिकस्त का एहसास हो कि सहम जाये सोचे कि यहाँ क्यों आये, न आते तो कम-से-कम जिंदा तो रहते।

जुबैदा : क्या कह रही हो तुम ?

अज़ीज़ुन : मत्महे नज़र बीवीघर है क्या वही उनकी शिकस्त का यादगार मकबरा नहीं बन सकता ?

जुबैदा : यह नहीं हो सकता। तुम ऐसा नहीं कर सकतीं...

अज़ीज़ुन : सिर्फ ख़याल है। लेकिन यह मुमकिन हो कि उनका गुरूर टूट जायेगा।

सरवर : गुरूर ही का नस्ल का भी खात्मा हो जाये। हड्डियों से उनके गोश्त की बोटियाँ यूँ कट-कट गिरें—गोया मौसमेख़िज़ा में दरख़्त के पत्ते। जो जहर उनके जिस्म से निकला था उन्हीं को डस ले...तेजाब से उनकी गोरी चमड़ी को धुआँ कर दो।

मो. अली : इससे कुछ नहीं होगा। मैंने देखा है कि वह किस हद तक उतर सकते हैं।

सरवर : क्योंकि जीत रहे हैं, लेकिन एक शिकस्ता शख़्स का भी जज़्बा होता है। मेरी माँ अपने दाँतों से कुतरकर अंग्रेजी पोशाक को धज्जियों में बदल दिया करती थी।

मो. अली : इन अंग्रेजों की हिफाज़त शहर के लिए रहनुमाई की उम्मीद भी बन सकती है।

अज़ीज़ुन : ज़ख्मों की याददाश्त...

मो. अली : कोई सिपाही इसके लिए तैयार नहीं होगा। खौफ और खुदगर्जी की वज़ह से। कैदियों की हिफ़ाज़त करेंगे तो ईनाम के हकदार भी बन सकते हैं।

सरवर : सजाए-मौत मेरा ईनाम होगा। और मैं केवल उस काम के लिए काफी हूँ

मो. अली : तुम जानते नहीं क्या कह रहे हो।

सरवर : मैं जानना भी नहीं चाहता—बस मैं और मेरी शमशीर मुझे देंगे। बीवीघर के उस तहखाने में धकेल दो जहाँ वे कैद हैं फिर ना देखना किस जिस्म का कौन सा हिस्सा कटता है। गिरता है। कितनों के लहू से भीगता है।

जुबैदा : नहीं, यह नहीं।

सरवर : हाँ, यही...तसव्वुर में उतरा यह मंजर मुझे बेताब किये जा रहा है। नासूर जो फटने को है, रिसने के खयाल से बाग-बाग हुआ जा रहा है।

मो. अली : नाना साहब इसकी इज़ाजत नहीं देंगे।

आदिला : जरूर देंगे। मैं जानती हूँ। उन्होंने ऐलान नहीं किया है, लेकिन ऐसा वह अपने पीछे कोई गवाह नहीं छोड़ना चाहते जो उनके नाम को ज़लील करे। और इन आँखों जुबान जो दास्तान सुनायेगी वह हमारे नाना साहब के ख़िलाफ जायेगी।

हुसैनी : वो जा रहे हैं कैदी ?

आदिला : हाँ अगर, कानपुर पर दुश्मनों का कब्ज़ा हो जायेगा तो उन्हें जाना ही होगा। जब तक वे आजाद रहेंगे इस सरज़मी का खयाल भी ज़िन्दा रहेगा।

मो. अली : जब तक उनसे नहीं सुन लूँगा यकीन नहीं कर पाऊँगा। **(जाता हूँ।)** एक-एक कर के हम सबको...

आदिला : क्या सोच रही हो हुसैनी...इतनी खामोश किसलिए ?

हुसैनी : समझ में नहीं आ रहा, वो आ रहे हैं और...

अज़ीज़ुन : **(आदिला से)** अब सोचो नहीं—सिर्फ हाँ कह दो...और देखना कैसे यह फ़तह मातम में बदल जायेगी।

आदिला : अपनी फिक्र मत करो। नाना साहब तुम्हारे एहसानमंद रहेंगे—महफूज रखेंगे। तुम्हें साथ ले जायेंगे। हाँ अंग्रेजी फौज के आने से पहले तुम यहाँ से चली जाऊँगी। कोई जान नहीं पायेगा। कुछ भी...वायदा करती हूँ।

हुसैनी : हाँ...उनके आने में वक्त है...तब तक ये औरतें मेरे ही

इख्तियार में हैं...जिस सुबह का इंतजार कर रही हूँ...उससे उन्हें हमेशा के लिए महरूम कर दिया जाये...। बीवीघर...

सरवर : हाँ...मैं यही सुनना चाहता था...मैं ही करूँगा इसे सच...

हुसैनी : वह चीखेंगी, चिल्लायेंगे।

सरवर : मैं नहीं सुनूँगा।

हुसैनी : मगर और सिपाही, पहरेदार।

सरवर : जल्दी करूँगा।

हुसैनी : अकेले ?

सरवर : थकूँगा नहीं...।

आदिला : लेकिन तुम्हारी शमशीर ? कहीं दूर न हो जाये। सौ का काम तमाम करना है।

सरवर : ले आता हूँ और फिर चलूँगा तुम्हारे साथ। **(जाता है।)**

जुबैदा : नहीं...देखा।

सरवर : हट जाओ। मेरी रगों में जुनून है इस वक्त। **(जाता है।)**

जुबैदा : वह बेदीन कसाई—उसे रोको—

अज़ीज़ुन : सवार को भूल गई जुबैदा ? उन सबको जो बेगोरो कफ़न गये यहाँ से ?

जुबैदा : याद है, लेकिन अब ऐसा न हो—बस यही दुआ माँगती हूँ।

आदिला : दुश्मनों से हमदर्दी ?

जुबैदा : वह भी औरत है बेकसूर।

हुसैनी : गोरी और मगरूर। उनके सीने में हमारे लिए दिल नहीं है।

आदिला : वह आज भी अपने मर्दों की कामयाबी के लिए दुआ करती हैं। अशफाक दिल नाना साहेब के लिए नहीं जिन्होंने उन्हें ज़िन्दगी दी।

जुबैदा : मैंने उन्हें देखा है, बे-निहायत उदास और परीशाँ हैं। कमजोर और बीमार—उन पर तरस नहीं आ रहा...वह लड़ाई में नहीं है—मेरी तरह...।

हुसैनी : उनके खाबिन्द तो थे। कभी इन्होंने उन्हें रोका ? नहीं उन्हें भी हुकूमत चाहिए...लेकिन हुकूमत ज़िन्दगी नहीं दे सकती।

जुबैदा : एक साथ इतने बेगुनाह लोगों का कत्ल।

हुसैनी : हमारे कलेजे को चैन मिलेगी...कि हमने कुछ किया। बेबस

बेचारे नहीं बने रहे।

अज़ीजुन : उन्होंने जो किया...वह भी नाकाबिले मुआफी है।

जुबैदा : वह बराबर होगा इनके कत्ल से जो बीमार और बे-हथियार हैं ?

हुसैनी : हमारे कब्जे में हैं।

जुबैदा : तुम्हारे पनाहगीर।

अज़ीज़ुन : हम भी उनकी पनाह में थे।

जुबैदा : वही करेंगे जिसका इल्जाम उन्हें देते आये हैं।

अज़ीज़ुन : तुम खामोश रहो, जुबैदा...जंग को अपने तरीके तलाश करने दो।

जुबैदा : लेकिन ये बेकसूर हैं।

अज़ीज़ुन : इनका नहीं उठा, गोरे चेहरों का सोचो जिन पर से मुसकान उड़ जायेगी।

जुबैदा : तुम जीत नहीं सकते तुम्हारे हिस्से शिकस्त आयेगी।

अज़ीज़ुन : वे फ़तह के मुस्तहक नहीं हैं।

सरवर : जिस लम्हे के लिए मेरी पैदाइश हुई...वह सामने है। जिस जिस्म में मेरी जड़ थी उसकी माटी तक पहुँचेगी। इस लहू की चमक जो मेरी नसों को चीरती आयी है।

हुसैनी : जो तुम सिपाही नहीं कर सके वह यह नाचीज़ मुकम्मल कर दिखायेगी। उन्हें साफ करना चाहते हैं। लेकिन दामन पर छींटा न पड़े। इस गन्दगी को मैं धोऊँगी। उनके लहू से बरसों की मैल धुल जायेगी और यह ज़मीन...बीवीघर—हिन्दुस्तानी बीवियों का मज्चल आज उन्हीं की औरतों की मज्वह बनेगा।

अज़ीज़ुन : यह जंग है...और इसमें सभी को तमाम होना है। फर्क सिर्फ इतना है। कौन किसके हाथ लगता है। **(जाता है। जुबैदा अज़ीज़ुन की तरफ देखती है।)**

भाग-10

जुबैदा : कोई है जो सुने–आये मेरे साथ। रोके जो वहाँ हो रहा है। देखा नहीं जाता, लेकिन ज़मीर की जिद्द है जो नज़र का वहीं रुख किये है–गोया बेबसी की सजा है...क्या सरवर बाहर आया–बेगम ने दरवाज़ा बन्द किया। और वे चल दिये... यानि सब तमाम हो गया...लेकिन नहीं, शायद अब भी वहाँ कोई है...कराह रहा है, हाँ...शायद बच जाये–उस मक्तल के मंजर को देखने की हिम्मत मुझमें नहीं है–कोई हुआ भी तो मरहम चाहिए होगी। दवा-दारू–क्या करूँगी–कहाँ ले जायेंगे। ये शिकस्त से पहले की रात, ठहरा हुआ वक्त–सहमे रास्ते...कोई मदद नहीं करेगा–या खुदा रहम कर सब पे–हम जो सिर्फ गवाह हैं–और वे जिनके पीछे कोई रोने वाला भी नहीं है।

(एलाइज़ा आती है)

एलाइज़ा : मैं हूँ अभी।

जुबैदा : तुम ?

एलाइज़ा : रास्ते में सुनी, एक अफवाह...ये वही जगह है।

जुबैदा : हाँ।

एलाइज़ा : कौन-कौन हैं वहाँ ?

जुबैदा : सभी। जो थे। वहीं हैं। वहीं रहेंगे हमेशा।

एलाइज़ा : उन्हें देखना चाहती हूँ।

जुबैदा : किसलिए ? शनाख़्त भी नहीं कर पाओगी।

एलाइज़ा : वह मुझे पसन्द नहीं करती थी...न मैं ही, मगर उनमें मेरा भी हिस्सा था।

जुबैदा : सुबह तक रुक जाओ, तुम्हारे बाकी लोग आ जायेंगे।

एलाइज़ा : अब मैं उनकी कहाँ रही ?

जुबैदा : जो हुआ उस पर हमारा भी बस नहीं था।

एलाइज़ा : मैं क्यों बच गयी ? मुझे भी उनके साथ...

जुबैदा : जिन्दगी की तौहीन मत करो इस तरह।

एलाइज़ा : जब अम्माँ-अब्बा खत्म हुए– मुझे लगा बहुत बुरा है। लेकिन अगर वह ये देखते कैसे ये हो गया–गिरजाघर के साये तले।

जुबेदा : दोनों तरफ खुदा की दुहाई। इसलिए वह खामोश हो गया है।

एलाइज़ा : अम्माँ कहती थीं–हमने सिर्फ लिया-ही-लिया–दिया नहीं–देना जरूरी है।

जुबैदा : इसलिए यहाँ की मिट्टी ने उन्हें अपने में मिला लिया।

एलाइज़ा : मेरी तरह। जिसमें दोनों हैं। बिना मोहब्बत, बिना नफ़रत।

जुबैदा : जैसे मौत ने जोड़ दिया है सबको। ये शहर गोरे गरीबाँ हो गया है–जीते जी जिनकी नज़र नहीं मिली कभी–हमआगोश हैं अब। रफ्ता-रफ्ता ये धुल जायेगा, बरसों बाद जब लू चलेगी–धूल उड़ेगी तब कौन बता पायेगा किस जर्रे में किसका हिस्सा है ?

एलाइज़ा : तब जाकर कहीं ये गुब्बार छट पायेगा–अभी तो कौन...कोई है आस-पास कौन है वहाँ ?

एलाइज़ा : नहीं...इधर मत देखो...अँधेरा है सिर्फ और मैं...हाँ। मैं... जिसका ज़िस्म नहीं है...एक रूह नातवाँ।

जुबैदा : तुमने देखा ?

अज़ीज़ुन : हाँ।

जुबैदा : तुम्हें कोई माफ नहीं करेगा।

अज़ीज़ुन : मैं जानती हूँ।

जुबैदा : जो हुआ, तुमने दानिस्ता होने दिया।

अज़ीज़ुन : ये इक्तिसास था। इस्तिकारे हक। फलने दो कानपुर को एक

खौफनाक साये की तरह। उन्हें भी मालूम हो...कितनी बहशी है यहाँ की जमीन। कितने खूँखार हैं यहाँ के लोग और आईंदा रहें—खबरदार...

जोना : कहीं कुछ ग़लत हो गया है...ग़लत...।

जुबैदा : खुदा के भी उसूल होते हैं।

अज़ीज़ुन : हाँ मैंने उसके रहमोकरम को खो दिया है...महसूस होता है। उसका इताब...वह इस मासियत को माफ़ नहीं करेगा...उसकी शफ्कत के नाकाबिल है। रोजे महशर को सजायेअमल की हकदार...? जुहमात की गहराइयों में तेरी तन्हा रूह भटकती रहेगी...दरियाशोर में...बेपनाह...मैं उफ नहीं करूँगी...खुदा अपने उसूलों पर पाबन्द रहे। मेरे लिए दुआ न करे, कोई दामन न फैलाये...अपनी इबादत की पाकीज़गी कम न करे...? फलक को फट जाने दो। स्याह तहस्सरा को खुल जाने दो—मैं उस अँधेरे में फिसलती जाऊँगी...हमेशा-हमेशा के लिए मायूब अपने खुदा से महरूम...जिसे पाने की ख़्वाहिश थी कभी।

जुबैदा : तुम्हें अफसोस भी नहीं है।

अज़ीज़ुन : यही सोचती हो हमारे बारे में...तो सोचो वह जरूरी था। ताकि मीज़ाने अदल कायम रहे। अगर कुछ के सहने से वक्त रिहा हो सके तो कोई भी सजा बड़ी नहीं। उन चन्द इनसानों के लिए।

जोना : सजा मेरे लिए भी तो है...मैं क्यों रह गया...कत्ल क्यों नहीं हुआ।

जुबैदा : अब रात नहीं रही। आसमान का दामन अबीर हो आया है। चन्द लम्हें और फिर आफताब सब साये हटा देगा...सुनो—सब आ रहे हैं...इतने सारे कदम एक साथ। फौज़ के ही हो सकते हैं।

जोना : फौज़ ?

अज़ीज़ुन : सुना...लेकिन मैं हिलूँगी नहीं। कोई भी फौज़ हो...अब फर्क नहीं पड़ता। अपनों को इस्तकबाल करने की ख़्वाहिश नहीं है...और गोरों से बचने का इरादा नहीं...**(फौज़ पास आती**

है।)

जोना : गोरा अफ़सर। गोरी फौज़...हमारी...

(बढ़ता है...फिर रुकता है।)

लेकिन उन्हें क्या बताऊँगा—कैसे बताऊँगा...यहाँ जो हो चुका।

(तीनों स्थिर)

■■